사람은 밥을 먹기 위해서만 사는 것이 아닐 것이다.
놀이도 꿈도, 인간이 누릴 수 있는 가장 기본적이고도 숭고한 권리가 아닐까.

온갖 거칠고 강한 적들도 모두 이길 만큼 단단하지만,
한편으로 어떤 범주의 것들에 있어서는
한없이 무른 당신은 이미 범고래인 것이 아닐까.

내 곁에서 구경하는 이도 덩달아 조금쯤 즐거워지는,
작은 세계가 만들어질지도 모른다.
수천 수만 명의 사람들이 어울려 각자의 춤을 추는, 그런 세계 말이다.

우리는 갑과 을의 놀이를 하고 있다고 생각했지만,
사실은 병과 정의 놀이를 하고 있던 것은 아닐까.

내일, 내가 다시 좋아지고 싶어

내일, 내가 다시 좋아지고 싶어

펴낸날 2023년 1월 5일 1판 1쇄

지은이 황유나
펴낸이 강유균
편집위원 이라야 남은영
기획·홍보 김아름 김혜림
교정·교열 이교숙 나지원
경영지원 이안순
디자인 바이텍스트
마케팅 신용천

펴낸곳 리드리드출판(주)
출판등록 1978년 5월 15일(제 13-19호)
주소 경기도 고양시 일산서구 고양대로632번길 60, 207호(일산동, 대우이안)
전화 (02)719-1424
팩스 (02)719-1404
이메일 gangibook@naver.com
홈페이지 www.readlead.kr

ISBN 978-89-7277-369-6 (03810)

* 잘못된 책은 바꾸어 드립니다.
* 책값은 뒤표지에 있습니다.
* 저자와 협의에 따라 인지는 붙이지 않습니다.

지금껏 애써온 자신을 위한 19가지 공감과 위로

내일,
내가 다시 좋아지고 싶어

글·그림 황유나

리드리드출판

Prologue ——

어떤 상황에서도 쫄지 않을 나를 위하여

“억지로 안 되는 건 그냥 둬라. 애쓰지 마. 슬프고 괴로운 건 노상 우리 곁에 있는 거야. 받아들여야지 어째.”

2017년 방영된 JTBC의 드라마 <그냥 사랑하는 사이>에 등장하는 할멈(나문희 분)이 읊은 대사이다. 할멈은 이어 “언젠가 다 잊고 괜찮아지겠지. 기다리며 살다가 알게 된 게 뭔 줄 아느냐? 그런 날은 안 온다”라며 허탈한 표정을 짓는다. 삶을 있는 그대로 받아들이라는 뜻으로 들린다. 이는 삶에 기대하지 말란 단호함이 담긴 교훈이자 시니컬하지만 인생의 진리를 품은 조언이다.

나는 10대와 20대, 30대 인생의 단계마다 거듭되는 실패와 아

픔을 경험했다. '이런 게 인생이라면 차라리 안 살고 싶다'라며 좌절의 늪에 빠져 허우적대던 나날이었다. 그러던 어느 날, 실패라는 단어가 왜 부정적인 것인가? '실패'를 왜 '패배'라고 생각하는가? 실패와 성공을 엄격하게 양분하는 것 아닌가? 세상이 내게 가르친 이분법적 잣대를 은연중에 내게 들이대고 있는 것이 아닌가? 아픔과 고통, 좌절과 난관 따위도 내 삶의 필수불가결한 요소들은 아닐까? 실패와 성공 사이에 철옹성 같은 벽이 있다는 것은 내가 만들어낸 환상이 아니었을까? 이런 질문이 터졌다.

우리 삶 속에는 정형화된 성공, 실패, 행복, 고통 따위의 분류 외에도 여러 가지 과정과 감정들이 들어 있지 않은가. 그중 하나로 단정하여 긍정적인 것도 부정적인 것도 없다. 마땅히 존재해야 하는 것이나 마땅히 없어져야 하는 것 역시 존재하지 않는다. 그저 우리가 살아가는 동안 겪어야 하는 것들이다. 자신의 시간과 노력, 열정과 의지로 가꾸고 일궈가야 하는 일상이다. 이것이 자기 인생의 전체를 완성한다.

고백컨대 나는 폭력, 이혼, 자살, 실직 등 다소 과격하고 극단적인 사건들을 겪으며 살아왔다. 그중 어떤 것도 전혀 쓸모없다고 생각지 않는다. 결과적으로 이 경험이 나를 더욱 단단하게 만들어주었다. 바게트처럼 완고하고 깐깐했던 내 성격을 패스트리처럼 부드럽게 만들어주었다. 내 감정은 수천 겹의 패스트리 결처럼 섬세하고 세밀하게 나뉘었고, 공기를 품은 결 사이사이마다 타인과 세상을 품을 수 있게 되었다.

좋을 것도 나쁠 것도 없다. 어느 것이든 나를 영글게 하는 거름으로 삼으련다. 이렇게 마음먹으니 매 순간순간이 아쉬워진다. 이제는 온전히 하나의 단계에 집중하고 몰입하는 내가 되고 싶다. 한 문장의 서두를 시작하며 그 문장을 마무리 짓는 지금은 이 순간에 집중하고 싶다. 향이 좋은 찻잎을 꺼내어 우려내고 마시는 순간에는 차향을 음미하겠다. 지금 내 앞에 놓인 것을 바라보며 그것 말고 다른 어떤 것에도 한눈팔고 싶지 않다. 미래와 과거에 현재를 저당 잡히지 않을 것이다.

'오늘만 사는 삶!'

내 SNS의 상태 메시지이다. 마음 같아서는 단 5분 만이라도 충실히 살고 싶다. 그것을 위해 '5분 타이머'가 필요하다는 조금은 바보 같은 생각도 해본다.

이제 내게 실패는 자연스러운 일상이다. 어쩌면 당신에게도. 그러기 위해 우리는 더 배워야 할 필요성을 느낀다. 오늘의 나를 위해 어제의 나보다 더 강해졌다는 위로가 필요하다. 아직 내 성장판은 닫히지 않았다. 끊임없이 성장하는 중이다. 그래서 틈틈이 나의 성장을 자축한다. 기쁘다.

그러니 인생이여! 나에게 와락 쏟아지길. 어떤 모습이든 나는 쫄지 않을 테다!

황유나

차례

CHAPTER — 01

크리스마스의 구원

아프도록 공감하는 것의 어려움

크리스마스에 마주친 죽음

12월 25일 오전 6시 20분.

1평의 공간, 0.1초의 찰나 그 사건이 터졌다.

온 세상이 축제 분위기인 크리스마스다. 엊저녁 아이들 몰래 숨겨두었던 선물을 들고 나왔다. 쌍둥이인 두 녀석이 깰까 봐 살금살금 움직여 트리 아래에 선물을 쌓았다. 아이들이 기뻐할 모습에 설레는 마음 반, 과제를 해치웠다는 후련한 마음 반이다. 매년 맞이하는 크리스마스인데 올해는 가족과 나를 둘러싼 사람들, 작고 소소한 물건들까지 유난히 소중하게 느껴진다. 집안을 둘러보니 울컥해지기까지 한다.

벌써 오전 6시. 마음이 급해졌다. 한 시간 뒤면 아이들이 깨어날 것이다. 포장지며, 리본, 테이프 등 '산타표 포장'의 흔적을 치웠다.

쓰레기를 봉투에 담고 점퍼를 대충 둘러 입은 채 집을 나섰다. 엘리베이터 버튼을 누르자 금세 문이 열렸다. 백열등이 푸르게 빛나는 엘리베이터 안이 몹시 서늘했다. 아니 섬뜩했다. 겨울바람 때문일 거라고 단순히 얼버무렸다. 왜 그랬던 걸까.

예상 외로 밖은 포근했다. 그러니 엘리베이터 속 시린 공기가 더 수상쩍을 수밖에 없었다. 밀려드는 묘한 기분을 털어내려 숨을 '후~' 하고 길게 내뿜었다. 하지만 불길한 느낌이 쉬이 가시지 않았다. 쓰레기 수거함에 쓰레기를 던져 넣고 터덜터덜 아파트 현관을 향해 걸었다. 마침 엘리베이터가 1층에 멈춰 있었다. 뛰어가 탈까 싶었지만 이내 그만두었다.

'귀찮네, 다음 것 타지 뭐.' 기왕 마음먹은 것 여유롭게 걸음을 옮겼다. 그새 엘리베이터는 다른 주민의 부름을 받아 '위잉~' 하고 올라가기 시작했다. 하릴없어 뒤돌아서서 멍하니 바깥을 바라보았다.

"퍽!"

그 순간 평생 들어보지 못한 무겁고 둔탁한 소리가 내 귓전을 때렸다. 난데없이 위에서 사람 형상을 한 물체가 떨어진 것이다.

아니, 사람이었다. 상공에서 추락한 사람의 몸이 시멘트 바닥에서 무참히 짓이겨지는 소리를 어떻게 묘사해야 할까. 죽음에 이르는 문을 향해 난폭하게 몸을 던지는 소리. 그것은 인간의 하찮은 언어나 문자 따위로 표현할 수 있는 영역 너머의 것이었다.

낙하 중이던 여성과 나 사이의 거리는 불과 4~5미터 정도. 내가 위로 끌려 올라가는 것인지 그녀가 곤두박질치는 것인지, 시공간이 온통 뒤집히는 듯했다. 그녀의 활짝 뜬 눈과 나의 놀란 눈이 팽팽하게 연결되었다. 그 축을 중심으로 온 세상이 어지럽게 돌았다.

소리에 이어 맹렬한 피 냄새가 훅 끼쳤다. 한 사람의 몸에서 나온 피는 사방 2제곱미터의 공기 중을 비릿하게 채우고도 계속 흘렀다. 그렇게 잠시, 나와 그녀는 차갑고 비좁은 시공간에 단둘이 갇혀 있었다. 영겁과 같던 적막을 깬 것은 내 비명이었다. 눈꺼풀이 희번득 뒤집힌 채 허공에 대고 갖은 악다구니를 썼다.

"사람, 사람이, 사람이 죽…."

'죽었다'라는 단어가 목구멍을 턱 막았다. 그렇게 말하고 싶지는 않았다. 그러면 그녀 삶의 흔적이 세상에서 모두 지워져 버릴 것 같았다. 확신도 없었다. 그녀가 살아 있을 것이라는 희미한 기대를 품고 있었으니까. '여기요. 여기!'라고 마구 소리를 질렀지만 아무도 보이지 않았다. 119에 전화를 했다. 횡설수설 무엇을 어떻게 말하고 있는지 몰랐다. 휴대폰 너머 구급대원의 다급한 목소리가 들렸다.

"선생님, 침착하세요. 혹시, 떨어진 분 옆으로 다가가실 수 있겠어요?"

구급대원은 그녀가 숨을 쉬고 있는지, 몸의 온기는 남아 있는지 확인해달라고 했다. 그녀가 만약 살아 있다면, 심폐소생술을 할 수 있겠냐고 물었다. 나는 그 모든 물음에 '아니오', '아니오', '아니오'라고 매몰차게 대답했다. 마치 예수를 세 번 부정했던 '베드로'처럼. 스스로가 비겁하게 느껴졌지만 그때의 나는 그럴 수밖에 없었다.

그녀는 옆집의 아주머니였다. 3년 전, 열려 있는 현관문 사이로 아이들이 아장대며 도망친 적이 있었다. 아이들이 없어졌다며 혼비백산 울부짖던 중 살짝 열린 옆집 문틈 너머 앉아 있는 녀석들을 발견했다. 그녀는 양 볼 가득 사탕 문 아이의 손에 또 오곡과자를 쥐어주고 있었다. 그 뒷모습이 햇살처럼 곱고 따뜻했다. 뒤늦게 나와 마주친 그 눈이 찡긋하며 반달 모양으로 웃음 지었다. 화사한 빛을 품고 있던 눈이었다.

불과 사나흘 전, 엘리베이터에서 마주친 그녀는 전보다 많이 수척해진 모습이었다. 예의 바르게 웃음 짓던 그녀의 눈에 그늘이 드리워져 있었다. 나는 가볍게 눈인사만 건넨 뒤, 층수를 표시하는 전광판에 시선을 꽂았다.

사건 당일 내내 넋이 나가 있었다. 크리스마스를 기념하는 '특선 요리'를 준비한답시고 엊저녁부터 법석을 떨었던 게 무색했다. 아이들은 산타 이야기를 하며 요란스레 떠들었다. '그래, 점심은 차려 내야지.' 밤새 끓인 '꼬꼬뱅'의 간을 보려고 몇 점 욱여넣던 중 욕지기가 올라왔다. 급히 화장실로 내달렸다. 수없이 토해 속은 텅 빈 채였고 더는 게워낼 것도 없었다. 하다못해 위장까지 입 밖으로 토해낼 지경이었다. 체증이 영 가시지 않았다. 명치가 묵직하고 답답했다. 찬바람을 좀 쐬고 싶어졌다.

현관을 열고 나와 복도식 아파트의 난간을 붙들었다. 난간 너머 아래를 보니 까마득했다. 참혹했던 현장은 온데간데없었다. 새빨간 피가 흥건하게 번져 나가던 자리는 어느새 잿빛 블록을 드러낸 채 말끔히 치워져 있었다. 까르르 웃는 한 무리의 아이들이 따스

나 역시 각양각색의 '난간' 앞에서
수없이 망설였던 존재이지 않은가.

한 입김을 내뿜으며 그 위를 총총 밟고 지났다.

믿을 수가 없었다. 설마 모든 게 꿈이었을까? 정신이 아득해진 나머지 난간 위에 손을 얹었다. 눈을 가늘게 찌푸린 채 힐긋 옆집 난간을 바라보았다. 맙소사, 사람의 까만 발자국이 선명하게 찍혀 있었다. 흠칫 놀란 나는 손을 뗐다. 콘크리트 난간이 물컹 눌리며 늘어지는 듯한 착각이 들었기 때문이다. 난간이 스스로 허물어지며 그녀에게 길을 내준 것인가.

그녀가 투신하기 직전 밟았을 그 흔적 앞으로 옮겨 갔다. 흙먼지가 묻은 발자국을 매만지니 모골이 송연할 만큼 손이 아려왔다. 그 차가운 자국을 맨손으로 오랫동안 지워냈다. '죄송합니다, 죄송합니다.' 무엇이 죄송한 줄도 모르는 채, 넋을 놓고 읊조렸다. 예상하였듯, 사인은 자살이었다. 구급차에 옮길 새도 없이 생이 끊겼다고 했다.

아파트 카페 게시판에는 조의를 표하는 척 호들갑스러운 글 하나가 올라왔다. 그 사건이 한낱 가십거리로 입에 오르내리는 것은 견딜 수 없었다. 나는 카페 게시글에 댓글을 달았다.

"최초 목격자입니다. 사소한 가십거리로 다루어질 사안은 아니라고 생각합니다. 부디 글을 내려주시기 바랍니다."

웬걸. 나의 걱정은 기우였다. 집값이 떨어질 것을 우려하는 소리가 나오자 쉬쉬하는 분위기 속에서 반나절도 채 지나지 않아 그 글은 흔적도 없이 지워졌다.

그녀가 떨어진 자리 위에 내가 놓았던 하얀 국화 꽃다발도 치워져 있었다. 누가 치운 걸까. 멍하니 주위를 둘러보았다. 휴대폰으로 눈을 떨군 채 지나가는 중년의 남성이 보였다. 마트에 가는 듯한 부부의 모습도 있었다. 분주하게 오고 가는 행인들. 모두 이목구비를 잃은 얼굴이었다. 인간의 감각을 잃어버린 어쩌면 소멸한 모습에 나는 기가 질리고 말았다. 그들의 모습에서 내 안의 진짜 나를 보았기 때문이다.

기쁘다 구주 오셨네

크리스마스, 구원자 예수가 탄생한 날에도 죽음은 어김없이 찾아온다. 온갖 기쁨과 환희, 꿈들로 채워진 크리스마스처럼 보이지만 365일 중 어느 하루에 지나지 않는다. 사신은 특별한 의미를 두지 않고 공평하게 찾아온다. 그날 목격한 죽음은 악마의 사악한 눈빛을 하고 있지 않았다. 지극히 평범한 인간의 눈을 하고 있었다. 생을 포기할 수밖에 없는 간절함이 깃든 눈. 자신의 마지막 순간을 기억하려는 눈.

'죽음'과 시선을 마주친 이후 인생이 덧없게 느껴졌다. 아등바등하는 마음도 사라졌다. 철석같이 믿고 있던 인생의 지도, 나침반, 시계도 모두 잃은 기분이었다. 어디로 가야 할지 몰랐다. 하물며 어디로 가고 무엇을 한다는 것에 의미 있기는 한가. 산다는 건 결국 죽음을 향해 나아가는 것 아닌가. 그런데도 오늘을 살아내야 한다는 거침없는 몸부림. 그 안에서 꿈을 꾸며 나아가는 나.

나는 어쩌면 그녀를 구할 수도 있었을 것이라는 지독한 후회와 죄책감에 시달렸다. 만약 엘리베이터를 타고 일찍 올라갔더라면 떨어지려는 그녀를 붙잡을 수 있지 않았을까. 인공호흡을 했더라면 그녀를 살려낼 수 있었을 텐데. 그랬더라면, 혹은 그렇게 하지 않았더라면. 이런저런 가책이 나를 우울감으로 몰아넣었다.

우울을 보여주는 '반타 블랙'

우울에 색깔을 입힌다면 '반타 블랙'이 아닐까 생각한다. 세상에서 가장 검다는 '반타 블랙'. 이 색이 칠해진 곳은 깊이나 높이에 상관없이 평면처럼 보인다. 깊이를 알 수 없는 반타 블랙에 자칫 발을 헛디디는 순간 허공이고 나락이다. 배꼽 언저리가 저릿하게 조여 오며 떨어지고 있다는 느낌에 지배당한다. 붙잡고 버틸 만한 것이 그 어디에도 없는 막막함. 그 안에 갇혀버린다.

이유를 찾고 싶었다. 왜 숨 쉴 구멍이 막혔는지 숨통을 조인 것이 무엇이었는지 묻고 싶었다. 끝내 죽음을 택할 수밖에 없었던 절박함을 달래주고 싶었다. 그럼에도 불구하고 살아야 하는 이유를 더듬더듬 찾아내야 했다.

집을 오갈 때면 매번 그녀가 떨어진 자리를 스친다. 말끔하게 정돈된 가지를 떨군 활엽수와 봄철이면 잎을 터뜨릴 조경수가 양옆으로 있는 앙상한 좁은 길이다. 멀리 돌아갈 수도 있었지만 그렇게 하지 않았다.

처음에는 무서웠다. 콘크리트 바닥에 그녀의 분노와 원한이 고스란히 새겨진 것 같았다. 그 자리를 디디면 반타 블랙의 검은 늪이 발목을 잡아채는 듯했다. 그럴 때면 저승으로 향하는 구덩이에서 나 또한 필사적으로 발버둥 쳐야 했다. 하얗게 질린 여인이 검은 눈을 번쩍 뜨고 비명을 지르는 듯했다. '살려줘'라고 절규하는 듯한 그녀의 마지막 눈빛이 나를 원망하는 듯했다.

한 달쯤 지났을까. 그 자리를 지나는데 심장 언저리가 저릿해왔다. 맘이 애끓었다고, 샛길조차 찾지 못해 막막했다고, 누구에게도 다가가지 못했다고, 누군가 다가올수록 뒤로 물러섰다고 차마 얘기하지 못했을 여인의 무른 속내가 들리는 듯했다. 내 안의 공포를 밀어내는 연민이 가슴에 스몄다.

다시 한 달쯤 지나자 나는 그녀의 반타 블랙에 말을 걸기 시작했다. 저도 그랬어요. 이 수렁은 하늘도 바닥도 없다는 외로운 좌절에 빠졌어요. 웅크렸어요. 고개를 처박았어요. 신발을 신었지만 나갈 수 없었어요. 바람까지 나를 밀어내는 것 같았으니까요.

내가 살면서 경험했던 우울은 '우울함'이라는 '감정'이 아니었다. 기쁨, 슬픔, 분노로 채색된 감정을 모조리 잃는 '상태'였다. 무의 공허. 삶을 비롯한 모든 것에 대한 집착과 욕망이 사라지는 것, 아니 스스로 놓아버리는 것이었다. 그럴 때면 어떤 위로나 조언, 책과 강연도 도움이 되지 않았다. 이 상태가 영원히 계속될 것만 같았다. 이대로 생을 끝내고 싶다는 유혹이 들었다. 왜 살아야만 하는가? 이 물음은 인생의 언제 어디서든 불쑥 찾아왔다. 오늘이 아니면 내일, 지금이 아니면 잠시 후 또 나를 덮쳐올지 모른다.

7층, 나는 그녀가 섰던 자리 앞에 다시 서보았다. 여전히 까마득한 높이였다. 공포가 훅 끼치자 본능적으로 움찔했다. 그녀의 고통은 이 공포마저 무색하게 했을 것이다. 나는 떨궜던 눈길을 거두고 고개를 들었다. 시선을 높이자 시야가 넓어졌다. 맞은편 아파트의 현관에서 아이들 서넛이 와르르 쏟아져 나오는 모습이 보였다. 아이들보다 불쑥 큰 키다리 나무 사이로 파랗고 말간 하늘이 보였다. 구름 사이마다 새는 빛이 저렇게 곱고 아름다운데, 그녀가 저 하늘을 봤다면.

날이 따뜻해지고 있었다. 그녀의 자리도 전처럼 시리지는 않다. 아마도 나와 다를 바 없는 속을 지니고 있었을, 한 인간이 남긴 흔적에 공감을 더했기 때문인지도 모른다. 배타적인 공포, 값싼 호기심과 어설픈 동정, 우위에 선 듯한 연민, 그녀를 구원할 수 있었을 것이라는 오만 등 그동안 품어왔던 모든 감상이 부끄러웠다. 나 역시 각양각색의 '난간' 앞에서 수없이 망설였던 존재이지 않은가.

스스로 목숨을 버린 자는 죽어서도 고통을 받는다는 말이 있다. 설마 만물의 이치와 만사의 지혜를 알고 계신 신이 그렇게 편협할까. 자신의 고통을 스스로 감당한 인간에게 조악한 잣대를 들이대며, 앞뒤 맥락을 잘라낼 분은 결코 아닐 것이다. 그녀가 크리스마스 구주의 너그러운 품에 안겼기를, 삼가 고인께서 영면하시기를 기도한다. 그녀가 떨어진 자리 위에도 이제 막 꽃이 피어나는 중이다. 봄이 오고 있다.

나를 구원하는 법

사건 이후, 진짜 두려워진 것은 죽음 그 자체가 아니었다. 인생의 마지막 순간 제대로 살지 못했다는 생각, 기쁨도 의미도 없는 삶을 살았다는 후회가 밀려올까 봐 두려웠다. 원했던 삶을 살아가고 있진 못할지언정 최소한 원하는 '방식'대로 삶을 꾸려가고 싶었다. 그렇게 살 수 있다면 죽음 앞에서 조금은 의연해질 수 있지 않을까 하는 알팍함으로.

그런데도 '왜 살아야 하는가?'라는 물음에 대한 정답은 결국 찾지 못했다. 어떻게 살아야 후회하지 않을지 아직 모른다. 죽음에 수천 가지 이유가 있듯, 삶에도 수천 가지 이유가 있으리란 믿음으로 버티고 있다. 사람마다 사는 목적과 이유가 다르다. 배우겠다고 나서 보았자 그건 그들의 길이었다. 나는 나 자신에게 못난 존재가 되지 않도록 끊임없이 경계하며 나아가기로 했다. 큰 기대를 걸지 않았음에도 불구하고 그 보잘것없는 '자기 구원'의 무게 중심을 잡기조차 버거울 때가 있다. 나흘 주저앉고 사흘 일어나곤 하지만 그래도 내가 남기고 있는 자취에 떳떳해지고 싶다. 더불어 내 옆에 있는 한 사람만큼은 구원할 힘을 기르고 싶다. 나 자신을 구해낼 능력도 없으면서, 다른 사람의 인생에 섣불리 손을 내민다는 것은 기만일 것이다. 그런데도 누군가에게 내가 있어서, 또 내가 봐주고 있어서 그가 미소를 짓는다면 그것만으로도 서로에게 의지가 되지 않을까.

한 사람의 좋은 친구로서, 따뜻한 선배로서, 아픔도 함께 품어주는 지인으로서 곁에 남아 있고 싶다. 좋은 점을 일깨워주는 것, 토닥이며 문득 안부를 묻는 것, 그리고 끄덕이며 공감해주는 것, 이것이 내가 할 수 있는 사소한 '구원'이다. 나와 그들을 위한.

다시 메리 크리스마스

사건 1년 후, 새하얀 눈이 내렸다. '화이트 크리스마스'의 오후에 나는 옆집의 초인종을 눌렀다. 불도 켜지 않은 거실에서 TV를 보고 있던 할머니가 나왔다.

"성탄절 잘 보내고 계세요?"

나는 산타 양말과 성탄 케이크를 건넸다. 할머니는 이제껏 한 번도 본 적 없는 웃음을 지었다. 그 환함이란, 할머니와 내 주위를 둘러싼 무소불위의 '반타 블랙'을 걷어내기에 충분했다.

"메리 크리스마스!"

CHAPTER — 02

어여쁜 구김살

생긴 대로 사는 법

나는 아웃사이더를 택했다

“그냥 어렸을 때부터 사람들이 저를 이상하게 안 좋아하더라고요. 묘하게 그늘졌다나요.”

드라마 <동백꽃 필 무렵>의 동백의 대사이다. 또한, 내 인생의 가장 큰 서러움을 단 한 줄로 정리한 문장이기도 하다.

응달에 떨어진 양말 한 짝처럼 나는 늘 멋쩍고 어색했다. 어느 구석에 있더라도 어울리지 않았다. 어디에 놓이더라도 분위기를 어둡게 했다. 구깃구깃 주름진 부분마다 그늘이 서려 있었던 까닭이다. 세상 태평한 듯 사는 이들 곁에 서면 내 어둠은 더 도드라져 보였다. 지저분하게 묻은 흙먼지와 때를 감추며 살기엔 세상이 너무 밝았다.

못난 마음에 다림질한다면 달라질까. 도움을 받기 위해 신경정신과를 찾았다. 세상 시름 한번 겪어보지 않은 것처럼 편안해 보이는 의사는 내 증세와 딱 맞아떨어지는 병명을 찾아냈다.

'사회불안장애'

사회 알레르기의 곤란함에 대하여

'사회불안장애'란 타인과 함께 있을 때의 불안 정도가 일상생활에서까지 불편을 초래하는 장애 증상이다. 대중 앞에 서는 게 두려운 '무대공포증'도 사회불안장애의 한 부류이다. 심하면 사람과의 대면 자체를 무서워하는 '대인공포증'이 된다. 쉽게 말해 '사회 알레르기'라고 할 수 있다.

한번 보고 마는 사람보다 관계를 유지해야 하는 사람과의 대면을 더 두려워한다. 그래서 아는 사람과 있는 게 되려 불편하다. 눈을 마주치면 동공 너머의 내 마음을 들킬 것 같다. 지금 어색하게 웃고 있는 건 아닌지 신경 쓰일 때도 있다. 웃고 말하는 입매를 다듬을수록 입꼬리는 이상하게 일그러졌다. 컵을 들어 올리는 손 모양을 의식해 로봇처럼 삐걱대며 움직일 때도 있었다. '나를 한심하게 여기겠지'라고 생각하면 공포가 몰려왔다. 정신은 곤죽이 되어 다른 데 쏟아야 할 에너지가 남아나지 않았다.

만남 후에는 말실수를 하지 않았는지 걱정되었다. 그 말을 왜 했을까 후회하고, 허튼소리로 상처 주지는 않았는지 내뱉은 단어 하나하나를 다시 꺼내 검열해보았다. 누군가의 기분이라도 상하게 했을까 봐 다음 만남에서는 눈치를 살피기 일쑤였다. 혼자 있는 시간이라고 마냥 편한 것도 아니었다. 한 사람 한 사람을 배려하는 태도는 마땅히 대접받아야 하지만 사람들은 그런 나를 오히려 부담스러워했다. 무리 속 나의 존재감은 점차 희미해져 갔고 사람들은 내가 그 자리에 있다는 것조차 잊어버렸다. 자존심은 사정없이 무너져 갔다.

착한 아이 증후군으로 살아서는 안 되는 이유

사회에 주눅 든 나, 음지로 자꾸 기어드는 나, 그늘에서만 서성거리는 나. 나는 이런 내가 싫었다. 나에 대한 나의 거부감은 역설적이게도 이를 악물게 했다. 세상에 나가보자는 다짐, 대신 '진짜 나'를 감추고 '가짜 나'로 나가기로 했다. 진짜 '나'가 상처받으면 안 되니까 가짜의 '나'를 만들고 다듬었다. 누구나 인정하는 '착함'을 방패로 삼았다. 친구를 잘 도와주고 어른들 말 잘 듣고 순종하는 나로 개조했다. 그래서 나의 유년 시절은 안쓰러울 정도로 필

'착한 친구'라는 가면은 심리적 약자로서
살아남기 위한 내 유일한 생존 도구이자 무기였다.

사적이었다. 둘째가라면 서러울 정도로 착한 아이, 그게 바로 나였다.

'착한 친구'라는 가면은 심리적 약자로서 살아남기 위한 내 유일한 생존 도구이자 무기였다.

'착함'은 남들이 인정하는 나의 정체성이 되었다.

다섯 살 때, 어떤 여자아이가 떠내려 보낸 튜브를 건져주려다 물에 빠져 죽을 뻔한 적이 있다. 튜브가 떠내려가자 여자아이가 소리쳤고 나는 귀신에 홀린 듯 수영장으로 뛰어들었다. 내가 건져줘야 할 것 같았다. 그런 내 모습에 다들 어이없어했다. 왜 그랬냐고 다그치는 선생님 앞에서 나는 입을 꾹 다문 채 어떤 말도 할 수 없었다. 다만 '그 아이와 친구가 되고 싶었어요. 튜브를 건져주면 나를 좋아해줄지 모르잖아요'라고 속으로 우물거렸다.

여섯 살 때는 엄마 손에 붙들려 유치원 같은 반 여자아이의 집에 자주 놀러 다녔다. 부모님들이 찻잔을 달그락거리며 수다를 떠는 사이, 그 집 아이는 매번 내 손을 잡고 자기 방으로 데려갔다. 방에 들어가면 나는 그 애로부터 '훈육'을 당해야 했다. '잘못했어, 안 했어?'라고 다그쳐 묻는 동갑내기 여자아이 앞에 나는 무릎 꿇고 두 손을 모았다. 고개를 숙인 채 눈물만 뚝뚝 떨구는 시간도 고스란히 견뎌냈다. 환심을 사기 위해 목숨도 거는 판에 자존심쯤이야 내겐 문제가 아니었다.

고개를 가로저을 줄 모르는 아이, 아니라고 말 못 하는 아이, 누구도 귀찮게 하는 법 없는 얌전한 아이였다. 입을 떼면 내 약점을 들킬까 두려워 초등학교, 중학교 시절 내리 짝꿍들과는 말 한마디 자연스럽게 나누지 못했다. 그저 고분고분 웃어주면 '너 되게 착하다'라고 하니 그 말을 위안 삼아 나를 다독였다. 그렇게 나는 착한 아이일 뿐 그 이상도 이하도 아니었다.

"너 언제 왔냐? 있는 줄도 몰랐다."

나는 '존재감 없음'을 에두른 조롱 섞인 말을 자주 들었다. 가끔 싫은 기색이라도 내비칠 때면 거친 한숨이 돌아왔다.

"하, 너 그렇게 안 봤는데 생각했던 이미지랑 완전 다르네."

이런 말에 나는 움츠러들었다. 더 착하지 않으면 안 됐다. 그러자 친구들의 무시가 나를 덮었다. 1학기 때 친했던 친구가 2학기가 되어서는 내 책상을 발로 쾅쾅 차기도 했다. '왜 아침에 집 앞까지 데리러 오지 않았느냐'와 같이 시답잖은 이유로 그 아이의 과녁이 되어야 했다. 빌려 온다던 체육복은 어떻게 됐냐는 등 윽박지르는 정도가 시나브로 심해졌다. 나를 안쓰럽게 여긴 몇몇 아이들이 물었다.

"맨날 그렇게 눌려 사는 거 힘들지 않아? 그 애들이랑 왜 노는 거야? 네 면상 된장찌개 같다고 놀리는 애랑 말 섞고 싶어?"

'너도 참 불쌍하다'라는 말로 적당히 마무리될 때까지 나는 또 그런 말들을 감내했다. 그저 괜찮다는 웃음을 지으면서. 그러면 나를 더 나쁘게 몰아가지는 않을 테니까. 나 나름의 자구책을 찾은 것이다. 끝내 꺼지지 않는 그놈의 자존심에 이따금 불길이 이는 고통만 참아내면 될 일이었다.

대학 때 어느 선배가 일침을 놓았다.

"너랑 대화하고 있으면 마치 벽을 보고 말하는 기분이야. 넌 무슨 인형이냐?"

선배의 말이 화살처럼 날아와 정곡을 찔렀다. 그랬다. 나의 말과 내면 사이에는 늘 괴리가 존재했다. 오랜 시간 대화를 나눠도 진짜 나를 드러내지 않았으니까. 나쁜 모습을 보여서는 안 된다는 강박과 예쁘게 보여야 한다는 일념으로 똘똘 뭉친 과장된 나였다. 정확한 지적을 당하자 숨겼던 내 모습을 들켰다는 자괴감이 들었다. 그날을 끝으로 그 선배와는 다시 연락하지 않았다.

이후, 나는 스스로 사람들과의 관계를 하나둘 단절해나갔다. 애써 노력해야 하는 관계가 버겁고 불편했다. 학창 시절 얕게 유지되던 친분은 사회인이 되는 순간 더는 남아 있지 않았다. 그런데도 항상 누군가에게 인정받길 원했다. 인정에 대한 내적 갈구는 커져만 갔다. 나 자신을 용납하지 못하는 내가 과연 그럴 자격이 있는지 의문스러웠지만 늘 불안하고 외로웠다. 오롯이 혼자이고 싶었지만 혼자여서 괴로웠다. 땅에 뿌리 내리지 못한 채 둥둥 떠 있는 기분이었다.

모두가 나를 싫어하게 된 상황에서 모두 나를 좋아해주길 바라는 이 심리, 대체 무슨 아이러니인가.

'내 안 깊은 곳의 생각과 마음은 결코 아름다운 것이 아니다. 저 사람과 가까워지고 싶지만 점점 더 가까워져 나의 진짜 모습을 알게 된다면, 그래도 저 사람은 내 곁에 남아 있을 것인가?'

'자존감 높이는 비법'이 궁극적으로는
남들에게 인기를 얻는 법, 남들이 좋아하는 사람이 되는 법이라니
참 아이러니한 일이 아닐 수 없다.

높은 자기애 & 낮은 자존감

수줍음은 '자기애'의 결정체이다. 나는 내성적인 사람이 아니라 다른 사람의 눈에 어떻게 비칠까 극도로 예민하게 신경 쓰는 사람이었다. 자연히 삶의 무게 중심은 나 자신이 아닌 타인에게 가 있었다. 상대에게 내 우위를 허락하며 나 스스로 자세를 낮췄다. 그들이 반사하는 내 모습을 나의 '자아상'으로 만들었다.

내가 태어나고 자라는 동안 어른들이 빚어준 내 모습은 못나고 혐오스러웠다. 왜곡된 자아상을 숨기기에 급급해하고 전전긍긍하느라 진짜 내가 어떤 모습인지 들여다보지 못했다. 보기 무서웠고 볼 수 없을 정도로 흉측할 것 같았다. 그로 인해 말을 잃었고 몸은 굳었다. 행동거지는 점점 부자연스러워졌으며 이 경직된 자세 때문에 다른 사람들의 진심에 귀를 기울이지 못했다. 진정으로 공감한 적도 없다. 내게는 그럴 여유나 에너지가 전혀 없었던 것이다. 추한(것이라고 여겼던) 구김살을 감추느라 전전긍긍했던 나에게 진정한 친구 하나가 남지 않은 것은 당연했다.

자존의 성장판이 닫히면

우리는 '자존감'이 인간관계의 모든 문제를 해결해주는 만능열쇠라도 되는 양 숭배한다. 나 같이 자존감 낮고 자존의 영역이 비좁은 사람은 인간관계나 사회생활에 부적격자로 여겨진다. 루저를 자처하는 사람이 되고 마는 것이다. 그런 의미에서 생각해보면 '자존감'이란 잘 팔리는 자신을 만들기 위한 '허상'일 뿐이다.

철학자 에리히 프롬은 '자존감'에 대해 비판적인 태도를 보인 바 있다. 그는 '자존감이 높은 사람'은 결국 모든 사람이 좋아하는 '인격'을 가지고 있는 사람이라고 했다. 인성도 뛰어나야 하고 사회가 요구하는 긍정 에너지도 갖추고 있어야 한다는 것이다. 그러나 자존감이란 타인에게 갈구함으로써 얻어지는 것이 아니다.

'자존감 높이는 비법'이 궁극적으로는 남들에게 인기를 얻는 법, 남들이 좋아하는 사람이 되는 법이라니 참 아이러니한 일이 아닐 수 없다.

남이 나를 높게 사면 내 '자존감'이 올라가는 것이라고 믿은 때가 있었다. 상대나 어떤 대상으로부터 평가 절하를 당하면 내 '자존감'은 바닥을 쳤다. 그러나 나의 영역을 수호하고 그 안에서 내 소임에 충실한 것만으로도 칭송받아 마땅한 일이었다. 때로 세차고 때로 약한 물이 지나간 자리에 남는 것은 결국 '나 자신'뿐이었다.

물론 남들의 칭찬과 인정에 기분이 좋아지는 것은 지극히 건강하고 자연스러운 일이다. 그러나 무엇이 그들을 특별하게 만드는지 의문스럽다.

타인들 역시 나와 같이 불완전한 존재이자 인간이지 않은가. 전지전능한 신도 아니고 처분을 내릴 재판관도 아니다. 시비를 가릴 감독도 아니다. 애초에 나 아닌 다른 사람들이 내 자존감에 점수를 매길 수 없다. 남에게 나를 판단할 힘과 권리를 주어서도 안 될 노릇이다. 타인의 눈으로 나를 보고 타인의 인정을 구해서 내 문제를 해결하려고 하면 인생이 답답해진다.

나는 자존감에도 성장판이 있다고 믿는다. 이제부터라도 사소한 기특함을 벽돌 삼아 차곡차곡 쌓아 가려 한다. 끔찍한 치과 치료를 무사히 마치고 나왔을 때의 내가 기특하다. 문득 친구에게 책을 선물할 때의 기특함이나 안부 전화를 먼저 걸어주는 기특함 등 순간순간 '나 좀 괜찮은데'라는 생각도 잊지 않겠다. 스스로 대견한 일을 할 때마다 속이 꽉 찬 벽돌이 하나씩 만들어질 것이다. 그게 쌓이다 보면 곧 '자존감'이라는 집의 재료가 되지 않을까. 불쑥 나타나 철없이 떼쓰는 '나'가 자라날 견고한 쉼터가 되어줄 곳 말이다.

내 안의 여섯 살 꼬마는 지금도 끊임없이 나를 찾아온다. 둘러보니 어린 나를 보아줄 사람은 오직 나뿐이었다. 가여워 안아주었지만, 어느새 훌쩍 자란 내가 안겼다. 내 품에 나를 안고 다독였다.

"애썼다!"

CHAPTER — 03

오리, 날다

꿈꾸는 일 놓지 않기

재미있게 살고 싶지만

"돈이 너무 많은 사람과 돈이 너무 없는 사람의 공통점은 인생이 재미없다는 거야."

넷플릭스 <오징어 게임>의 마지막 화에 나오는 대사이다.

하지만 나는 동의할 수 없다. 적당히 있는 돈으로 살아가는 사람의 인생은 과연 재미있을까? 일상의 장소에서 반복되는 일과를 하며, 늘 보는 사람과 별다른 이벤트 없는 하루를 보낸다면 생활의 윤택함과 즐거움은 어디서 찾을 것인가. '사는 게 다 뻔하지, 뭐', '누구라고 다르게 사는 줄 알아?', '특별해봤자 좋을 것 없어'라고 여기는 것은 아마 그렇게 생각하는 편이 제일 간단해서일 것이다. 어쩌면 새로운 것에 대한 두려움 때문인지도 모르겠다. 더 대단한 걸 바라거나 새삼 호기심을 가지기엔 지난 세월에 너무 많이

다쳤고, 너무 많이 아팠던 까닭이다. 나만의 방공호를 만들고 꾸역꾸역 쌓아 올려 지금의 안정을 이루었는데, 이것마저 무너지면 도무지 다시 일어날 자신이 없었다.

작은 기업에서 버티기

인원 100명이 채 안 되는 작은 제조업체의 홍보팀원으로 일한 적이 있었다. 작가로 꿈을 키워가는 과정에서 생계를 잇기 위한 수단으로 시작한 일이었다. 어찌 되었든 입에 풀칠은 해야 했으니까. 하지만 체력 탓에 병행이 쉽지는 않았다. 이런저런 핑계로 글을 못 쓴 것이 3년째였다. 그런데도 무리에 숨어 보호색을 띠고 있으면 발밑이 꺼질 듯한 불안한 기분은 들지 않았다. '내가 원하는 삶은 이게 아닌데'라고 싶다가도 이 시국에 생계 수단이 있는 것이 얼마나 다행이냐며 감사의 마음을 품었다.

'회사가 전쟁터라면 사회는 지옥'이라는 말은 나와 같은 수많은 '미생'들의 발목을 잡는 명언이다.

어느 날, K 신문사의 기자로부터 메일을 받았다. 회사 보도 자료를 그대로 내보내도 되겠느냐는 문의였다. 메일에는 '어느 회사의 이상한 행동 강령'이라는 제목의 워드 파일과 우리 회사 강령 수첩의 1페이지를 스캔한 사진이 첨부되어 있었다. 입에 담기 민망한 '행동 지침'이었다.

1) 조직은 군대처럼 운영해야 한다.
2) 조직의 기본은 상명하복. 위에서 내리는 지시를 그대로 이행해야 한다.
3) 업무 강도는 세게! 관리는 철저히!

언론과 여론이 물고 뜯을 만큼 좋은 먹잇감이었다. 심각한 사안이라고 판단한 나는 곧바로 전무에게 보고했다.

"군대가 어때서! 군대가 나쁘냐!"

전무는 어느 뜨내기 기자가 돈푼이나 뜯어내려 한다며 소리쳤다. 열흘 후, 어김없이 기사가 올라왔다. 기사를 막지 못한 책임 추궁으로 나는 호된 불똥을 맞았다. 눈에는 눈 이에는 이. 기사를 내리기 위해서는 또 다른 기사를 내야 했다. 나는 내가 가진 최선의 필력으로 회사의 무용담을 써 내려갔다.

‘회사가 전쟁터라면 사회는 지옥’이라는 말은
나와 같은 수많은 ‘미생’들의 발목을 잡는 명언이다.

'A사, 화상 환자를 위해 1천만 원대 수술을 무료 지원하다'

'A사, 소비자가 신뢰하는 기업 1위'

'중국으로 활로를 넓히는 A사의 도전'

남녀노소 이해할 만큼 직설적인 칭찬 일색의 글들은 흡사 북한의 선전물과도 같았다. 작은 회사지만 '연줄'이 없는 것은 아니었다. '라운딩'이라고 부르는 술 접대로 정성껏 모셔온 기자들에게 갓 구워낸 글 쪼가리를 돌렸다. 백방으로 전화를 돌려 땅에 코 닿을 듯 부탁했다. 그에 대한 화답으로 몇몇 신문사의 인터넷 지면에 속속 미담이 올라오기 시작했다. 이쯤이면 충분하다 싶을 만큼의 기사가 올라오기까지 약 반나절이 걸렸다.

다음 단계는 쉬웠다. 돈으로 해결 가능했으니까. 대행사에 일정 금액을 주고 검색 최적화 작업을 부탁했다. 찰나에 회사의 '행동강령'이 밀려나고 '중국 진출'이 그 자리를 차지했다.

90년대 말 외환위기를 이겨낸 애매한 규모의 '중중소'기업이었다. 그럼에도 동종 분야 업력이 꽤 길어서 신속한 사무 처리를 위한 IT시스템은 제법 구색을 갖추고 있었다. 그러나 직원 처우나 복지 확충에 예산을 쓸 정도의 재정적 여유가 없었다. 설사 있다고 해도 회사 대표는 그 필요성을 느끼지 못했다. 눈에 띄지 않는 사각지대에 자리한 채 30년을 버텨냈고, 노동법의 뙤약볕을 피하지 못해 빛바랜 일부분을 도색한 것만으로도 회사는 그럭저럭 건재했다.

매년 3월에서 6월 사이에는 '주말 현장 지원'이 있었다. '디자인 팀', '회계 팀' 너나없이 자신의 이름 세 글자가 적힌 명찰을 달고 마트에 파견되었다. 마트 고객들에게 상품 샘플을 나누어주고, 샘플의 수량을 시간마다 확인하는 일이었다. 물론 영업과 판매도 병행해야 했다.

"저기요, 여기 화장실이 어디예요?"

화장실의 위치를 물어오는 손님이 제법 있었는데 그게 오히려 반가웠다. 화장실 위치를 설명하고 오겠다며 일부러 매장 한 바퀴를 돌고 올 수 있었다. 그렇게라도 시간을 죽이지 않으면 1분이 마치 백 년 같았다.

또 하나 1월의 '동계 물류 지원'은 백미 중의 백미였다. 4~5인이 한 조가 되어 이천의 물류 창고로 이동했다. 하지만 한겨울 아침 8시의 창고에는 군불이 없었다. 창고 안은 야외와 마찬가지로 추워서 입김이 다 보일 정도였다.

“보온 팩은 한 사람당 하나씩이요. 물은 정수기에서 떠다 드시고요.”

총무팀의 K과장이 하얀 입김을 내뿜으며 소리쳤다.

지게차가 진열장의 높은 층에서부터 상자를 내려주었다. 수천 개의 상자를 열어보며 물량을 일일이 확인했다. 상자 안의 물건 수량을 모두 점검한 뒤에는 서로 바꾸어 앞선 사람이 센 수량이 정확한지 다시 확인해야 했다. 간단해 보여도 셀 때마다 숫자가 달라지는 것이 문제였다. 기어코 숫자를 맞추고 나면 어느새 해가 저물었다. 다음 날 아침, 또 같은 차를 타고 한자리에 모였다. 같은 일이 일주일 내내 계속되었지만, 그래도 한식 뷔페 메뉴는 매일 바뀌었다. 이천 한식 뷔페 집은 싸고 맛있다는 말을 연발하며 내심 흡족한 마음으로 잡채를 꼭꼭 씹어 삼켰다.

어느 날, 총무 팀 K과장이 내 책상 옆 휴지통을 의자 삼아 엉덩이를 올려둔 채 말했다.

“야, 너 카누 먹지 마.”

“왜요?”

“맥심만 먹어, 긴축이야 긴축. 어쭈, 책상에 각티슈 봐라? 앞으로 두루마리 써. 농담 아니고, 진짜로.”

"아, 과장님! 저 마우스 패드 구매 기안 올렸는데 왜 반려하셨어요?"

나는 내친김에 분을 표시했다.

"마우스 패드는 무슨. 마우스 패드든 각티슈든 올리면 대표님 전결 받아야 하는데 올리고 싶냐? 나도 못 사서 마우스 패드 대신 A4 용지 깔아 쓰고 있어. 나중에, 나중에. 참, 설날 연휴는 연차로 올려, 얼른. 늦었어, 너만."

"무슨 연휴가 연차야. 이번 워크숍도 금, 토예요?"

"어어, 김치 전설 알지? 집 김치 안 갖고 왔다고 대표님 노하신 거. 이번에 정 차장님이 겉절이랑 마른반찬 싸 오실 거야, 대표님 것만. 혹시 먹고 싶은 거 있으면 메뉴 생각해놔. 오늘 선발대랑 장 보러 갈 거야. 김 대리가 고추장찌개 잘 끓인다니까 부탁하려고."

삐걱삐걱 이가 맞지 않아 가운데가 꺼져버린 회사 바닥이지만 그래도 발이 빠지는 일은 없다. 디딜 수 있는 마루가 있어 안심했다. 법에 명시된 주 52시간 근무제와 최저임금제 모두 꿈같은 이야기였다. 수혜를 누리게 되더라도 그 순서는 아마 최후가 될 것이다. 이곳을 박차고 나간다 해도 우리는 아마 어느 곳에선가 다시 만날 것이다. 종종 엇비슷한 규모의 회사에서 만만한 조건의 사람들에게 이직 제안서가 돌려진다. 그럴 때면 어제 내가 받은 제안서가 내 일은 옆자리 동료에게 가 있었다. 대부분 입사율보다 퇴사율이 더 높아 직원 회전율 하나는 끝내주는 회사들이었다.

8월 연봉 협상이 있고 난 이후에는 층마다 두세 명씩 퇴사 인사를 다니는 직원들이 생겨났고 이는 한두 달간이나 이어졌다. 그들의 모습에서 자기 앞날을 보듯 어떤 이는 안도하고 어떤 이는 한탄했다. 그럴 때마다 앞날조차 보이지 않는 이들이 쉬는 한숨이 갑갑하게 부유한다.

입사 지원서를 쓰던 당시 태어난 시간을 적는 칸이 있어 의아했던 기억이 있다. 생시까지 적으라는 것은 사주를 보겠다는 뜻이었다. 면접 날, 잠시 자리를 비운 면접관의 서류 더미 사이로 비죽 나온 종이 한 장을 보게 되었다. 나의 사주를 풀이한 내용이었다. '경술월, 임인일 허리가 부러져 죽어도 일하다 죽을 팔자.' 나는 면접을 가뿐히 통과했다. 이 회사가 지원자의 사주를 본다는 소문은 직원들 사이에서도 공공연하게 떠돌았다. 정작 사주를 봐주던 회사 전담 역술가는 몇 년 뒤 자살로 생을 마감했다. 이 얼마나 아이러니한 일인가.

어느 날, 같은 팀 사원이 내게 말했다.

“대리님, 저는 빨리 점심시간이 됐으면 좋겠어요. 빨리 퇴근하고, 빨리 하루가 지나고 빨리 인생이 흘러서 빨리 죽었으면 좋겠어요.”

농담이라고 생각해 웃으면서도 한편으론 나도 후배와 같은 생각을 하고 있다는 데 놀랐다. 이 또한 지나가리라 하며 하루를 꾸역꾸역 채우다 결국엔 청중 하나 없이 끝나버리는 것이 인생이라는 생각이 나를 지배하던 때였다.

풍파를 과장하고 불행을 자랑하는 건, 누가 봐주지 않는 평범한 인생보다 비참한 것은 없기 때문이다.

미운 오리 새끼의 날갯짓

얼마 전, 서점에 들렀다. 베스트셀러 코너에 가면 그해 가장 큰 이슈가 무엇인지 보인다. 작년에는 투자였던 것 같은데 이번에는 AI였다. 트렌드에 맞춰 A4 최소 100장 이상이나 될 법한 책 한 권을 적시에 척척 내놓는 것을 보면 세상에는 참으로 박학다식한 사람과 전문가가 많다는 생각이 든다.

한편 변함없이 인기인 이슈도 있다. '소확행', '힐링물'은 몇 년째 대세를 이루고 있는 듯하다. 어떻게 하면 행복하고 성공할 수 있는지, 또 어떻게 하면 자존감을 높이고 자신을 사랑할 수 있는지는 예나 지금이나 가장 큰 화두이다.

콘텐츠는 또 어떨까. 사회, 과학, 예술, 철학, 인문, 예체능, 오락 등 세상의 모든 이야기는 다시 한번 신선하게 가공되어 난생처음 접하는 듯한 재미를 선사한다. 날카로운 평론과 풍자는 물론 해학까지 갖추고 있으니 이 세상 곳곳에는 숨은 고수며 천재가 많다.

서점 안을 둘러보다 보면 작가가 되고 싶다는 나의 꿈이 과연 가당키나 한 것인지 의심이 든다. 날이면 날마다 등단하는 무수한 신인을 능가할 만큼의 필력이나 내세울 만한 아이디어도 가지지 못했다. 나보다 더 전문적으로, 더욱 설득력 있게 말하는 수많은 서적을 보면 같은 말을 다른 단어로 바꿔 봤자 소음만 될 것 같다는 결론이 내려진다.

30대에 들어서면서 최선을 다해본 적이 없다. 기대에 부풀어 노력을 쏟은들 결과는 언제나 실망으로 이어졌다. 적당히 일하고, 적당히 기대하고, 적당히 실망하는 편이 나았다. 애초에 최선을

애초에 최선을 다하지 않는 것이 좋았다.
'그다지 열심히 하진 않았으니까'라는 핑계라도 댈 수 있으니까.

다하지 않는 것이 좋았다. '그다지 열심히 하진 않았으니까'라는 핑계라도 댈 수 있으니까.

내 능력이 그것밖에 안 된다는 것을 인정하느니 차라리 금붕어를 삼키고 말 일이었다. 한편으로 어쩌면 지금의 위치가 내가 오를 수 있는 가장 높은 곳이 아닌가 싶었다. 오늘이 내 인생의 가장 찬란한 날이라고 생각한다면 이제는 자박자박 내려가는 일만 남은 것이 아닐까. 앞으로 서서히 잃어 갈 것들을 오늘의 내가 모두 가지고 있었다.

지난 세월 동안 나는 내가 주인공이라고 생각하며 살았다. 그렇기에 좌절을 맞닥뜨릴 때마다 크고 작게 무너졌고, 실패로 입은 상처를 치유하고자 노력했다. 눈물을 훔친 뒤 다시 도전하고 내 인생에서 해 뜰 날을 기대했다.

부끄럽지만 나는 개천에서 난 용이 될 줄 알았다. 누가 뭐라 해도 이 세계의 주인공은 나, 내 인생의 주인공은 나 자신이 아닌가. 자신만만한 자기 전성기를 구가하는 시기에 집중되는 현상이다. 그러나 인간관계나 사회 속에서 개인적인 어려움과 시련을 맞닥뜨리면 이 세계의 주인공은 내가 아닐지도 모른다는 생각이 든다. 성공 신화도 결국 내가 쟁취해낸 것이 아니다. 꿈은 이루어진다고 하지만 쉽지 않고 어쩌면 내게는 가당치 않다는 좌절을 안긴다. 남들은 쉽게 하는데 나는 극복할 수 없는 난관이 되어버리는 절망까지 더해지면 자포자기하듯 세상을 관조하게 된다.

'그래. 꼭 스포트라이트만 받아야 무대에 오르는 건 아니다.'

만약 이 세계가 드라마라면 조연과 악역도 있고, 스치는 행인도 있다. 그들도 각자의 역할에 소임을 다한다는 걸 알게 된다. '엑스트라'면 또 어떤가. 그건 그것대로 장단점이 있지 않을까. 내 역할에 충실하면 된다.

"한 사람에게는 그에게 부여된 그 사람만의 인생이 있다."

영화 <패왕별희>의 경극 사부가 들려준 말이다.

내게 부여된 생을 생각해본다. 지금 움켜쥐고 있는 것만이 전부인지, 팔을 뻗어 움켜잡아야 하는지, 여러 생각이 중구난방으로 떠돈다. 아직 증명되지 않은 다중 우주처럼 상상력을 발휘해 초월적 세계를 펼쳐본다. 나만의 이상적인 세계일 때도 있고 현실의 그 어느 곳일 때도 있다. 그곳에서 나는 조연도 해보고 주연도 해본다. 적어도 그 안에서 나는 목표했던 바를 이루고 만족한 삶을 살고 있

산 정상을 보며 오른다면, 금방 지치는 법이다.
집중해야 할 것은, 지금 내가 내딛고 있는 이 발걸음이다.

다고 가정해본다. 여러 개로 쪼개져 있을지언정 개인에게 배분된 행복은 결국 공평하다는 신의 큰 그림을 믿으면서.

그런데도 불구하고 나는

영재 또는 천재가 되는 것이 성공한 인생의 필요충분조건이 될 수는 없다. 남을 뛰어넘어 일등을 하는 것이 과연 성공일지 의문이다. 나보다 나은 타인은 셀 수 없이 많이 존재한다. 불특정 다수를 이기는 일은 아마 영원히 닿을 수 없는 미지일 것이다.

어떤 일이든 일단 저지르고 나면 생각보다 무시무시한 일은 아니었음을 깨닫게 된다. 다만 한동안은 내가 이 분야의 바보라는 사실을 감내해야만 한다. 서투르게 '실수'하는 기간을 인내해야 나의 장단점이 드러난다. 그리고 보완해야 할 점이 보인다. 정작 필요한 것은 지속적인 관심과 간절함이다. 가랑비에 옷이 젖게 마련이다.

도전이란 등산하는 것과 마찬가지다. 오로지 정상만 바라보며 오른다면 봉에 다다르기도 전에 지치고 만다. 몸보다는 마음의 에너지가 먼저 고갈되고 마는 것이다. 중요한 것은 지금 내가 딛고 있는 이 발걸음이다. 그저 한 걸음 한 걸음을 옮기는 것에 집중하면 된다.

나는 작가의 길을 가기로 했다. 두려움이 밀려드는 것은 내가 감당해야 할 몫이다. 생각을 문장으로 완성하기가 쉽지 않다는 좌절감을 순간순간 느낀다. 내 책을 읽고 공감해주는 독자가 없을지 모른다는 두려움에 사로잡힐 때도 있다. 뛰어난 작가들 틈새에서 내 글이 숨을 쉬어야 하고 살아남아야 한다는 절실함의 엄습은 무섭다. 그럼에도 넉넉지 않은 경제력과 늘 부족한 시간은 나를 주저앉히며 채근한다. 그러니까 쓰라고.

어쨌든 걷다 보면 운 좋게 정상에 오를 수도 있지 않을까. 굳이 '정복'에 모든 의미를 두어야 하는 것은 아니니까.

CHAPTER — 04

즐기고, 미치며, 사랑하라

'애정'하는 것에 흠뻑 빠지기

미친 자들이 무대에 섰다

손에서 펜을 놓은 지 오래다. 때때로 글감이 떠올랐지만 단어에 자신이 없었다. 단어와 단어의 조합이 어렵게 느껴졌다. 망설임은 끝없이 이어져 하루가 넘어가고 이틀을 지나 십여 일이 된 듯했다. 그러다 문득, 말이 되지 않는 어색하고 난해한 글이 된다고 해도 마음이 불러주는 대로 써보기로 했다. 하루 한 문장이든 열 문장이든 꾸준히 써보자고.

다짐의 계기는 엉뚱하게도 한 힙합 경연 프로그램이었다. '본방'이 있던 금요일 밤 11시, 침대에 늘어져 리모컨을 눌러댔다. 긴장한 채 랩을 읊어대는 참가자들이 최선을 다해 자기 세계를 펼쳐내는 중이었다. 늘어졌던 내 몸을 벌떡 일으켰다. 내 눈과 심장은 이미 관 뚜껑까지 던져버리고 나올 판이 되었다. 이후 내가 최애로

열광하는 프로그램이 되었다.

집밥 같은 인생에도 한 꼬집 인공감미료의 자극이 필요한 법이다. 오디션 프로그램에 대해 왈가왈부 의견이 많지만 방송을 볼 때만큼은 야밤에 라면 한 그릇을 뚝딱 비우는 기분이다. 마찬가지로 '마니아'라고 할 수준은 아니지만 이전부터 힙합이나 랩에 상당히 우호적이었다. 퇴폐적인 비트나 시적인 운율, 딱 떨어지는 라임에 맞춘 훌륭한 서사까지 갖춘다면 귀에 착착 달라붙는 찰떡이 따로 없었다. 신선하고 실험적인 것들은 더욱 이목을 끈다. 의미마저 파괴하는 '라임적 허용'은 귀에 착착 감겼다. 독백처럼 읊는 랩은 한 편의 모노드라마를 보는 듯했다. 한 호흡을 부러 늦춘 엇박자처럼 길들여지지 않은 표현을 찾는 재미도 쏠쏠하다.

열정만큼은 누구에게도 뒤지지 않을 만큼 에베레스트 최고봉급인 '신예'들은 또 어떤가. 비트가 시작되면 눈빛 레이저를 켠 채 광기를 활활 내뿜는 괴물이 된다. '나는 나다!'라며 소리치는 '마이웨이'식 자신감은 라면에 신 김치까지 얹어 주는 듯하다. 세상의 강요와 압박, 규율과 규제, 시선과 질타에 기죽지 않고 자기 좋은 것에 기꺼이 매몰되어 날개를 펴는 그들이다. 가끔 세계관 뚜렷한 '미친 자'가 등장하기도 한다. '지지자불여호지자知之者不如好之者, 호지자불여락지자好之者不如樂之者'의 진정한 '락지자'가 아닐 수 없다.

'모방자', '기술자', '미친 자' 등 여러 콘셉트별 다양한 군상이 등장하는데 기다려지는 것은 단연 '미친 자'의 무대이다. 그 무대를 볼 때면 어김없이 오슬오슬 소름이 돋는다. 나 또한 덩달아 빙의해 방울이라도 흔들 기세가 가슴에서 휘몰아친다. 꼭 한 번은 내 광기도 폭죽처럼 터뜨리고 싶다. 죽어가던 내 창작 욕구에도 불꽃이 튀었다. 문장이 주는 희열에 다시 한번 푹 빠져들고 싶은 것이다.

말이 있어서 말할 수밖에 없다

다른 작가의 표현에 감탄할 때가 있다. 하나의 극점에서 반대 극점까지 나열된 낱말 하나하나를 어루만지고, 먼 곳에 있는 단어를 서로 어울리게 빚어내는 능력은 신이 내린 재능인가. 대충 써도 근사한 표현이 되도록 만드는 재주인가. 그저 부러울 뿐이다.

20대 초반 무렵 일본 작가 '무라카미 하루키'식 비유는 내게 황홀경을 선사했다. '봄날의 아기곰을 안고 뒹구는 것처럼 네가 좋아'라는 표현은 오감을 동시에 자극한다. '갑자기 딸기 케이크가 먹고 싶어'라고 말하는 여자를 위해 헐레벌떡 뛰어가 쇼트케이크를 사 오는 남자의 장면도 있다. '이제 먹기 싫어졌어'라며 그걸 창밖으로 내던지는 여자를 묘사하며 '가끔은 그런 것들이 여자에게 중요하다'라고 서술하는 것은 일견 엉뚱해 보인다. 그러나 '어른 아이'의 어리광 심보를 표현하기에 이만큼 적합한 장면이 있을까. 그는 소소한 행동과 심리에 돋보기를 들이대고 보지만 절대 관찰만 하지 않는다. 오히려 극중 인물에 공감하고 이해하려 한다. 작가의 눈이고 마음이기 때문이다. 그저 닮고 싶은 묘사이다.

좀 더 다양한 범주의 작품을 읽게 된 지금 '작가가 언제 내 기대를 거스를지, 비유는 언제 탈선할지'와 같은 다소 '변태적' 심정으로 문장들을 살피기도 한다. 그러면서도 베끼고 싶은 욕구를 일게 하는 문장의 반전을 발견하고 싶다. 그 카타르시스를 찾아내야 내가 배울 수 있을 것 같다.

"비둘기는 바둑 기사처럼 침묵하며, 신발은 유리처럼 빛난다."

이 참신한 문장은 먼지 쌓인 내 상상력을 자극한다. 무슨 말인가 싶다가도 부지불식간 머리 위에는 그림이 그려진다. 순간 멈칫하더라도 결국 동의할 수밖에 없는 묘사이다. 저절로 고개가 끄덕거려진다.

이 문장은 만화 《코다마마리아 문학집성》의 여주인공 대사이다. 소녀는 '나뭇잎'과 '목성'처럼 일견 동떨어져 보이는 것들을 엮어 문장을 만들어낸다. 이로써 '나뭇잎'과 '목성'을 연결하는 새로운 고리가 우주에 탄생한다.

그녀를 짝사랑하는 소년과 둘만의 낱말 잇기를 하는데, 어휘력이 다소 심하게 풍부한 소녀는 '치차종삭반'이나 '리슈만편모충증'이라는 희한한 단어를 어렵지 않게 꺼낸다. 설마 하며 검색해보니 실제 존재하는 단어들이었다. 치차종삭반은 '공구가 오르내리며 톱니바퀴의 톱니를 절삭하는 공작 기계'이고, 리슈만편모충증은 '리슈만편모충에 감염되어 피부와 내장에 이상이 생기는 증상'이다.

단어의 매력에 빠진 등장인물들의 끝말잇기는 무려 한 달 동안 계속된다. 소년은 '이대로 둘이서 인간이 만든 말을 전부 다 말한다면 우리는 이 세상의 모든 대화를 한 것과 마찬가지가 아닐까'라는 낭만적인 생각을 한다. 얼마나 광대하고 찬란한 생각인가. 놀라운 상상력으로 자기 세계를 넓혀가는 그들을 응원하지 않을 수 없다.

소녀는 '리타타리움'이라는 단어를 뱉고 난 뒤 패배를 선언한다. 소녀는 소년과의 끝말잇기 놀이가 끝나는 것이 싫어 몇 달간 이 놀이를 이어왔다. 이제는 마땅히 생각나는 단어가 없어 멋대로

'리타타리움'이라는 단어를 지어냈다고 고백한다. 사흘 후, 외국에서 새로운 물질이 발견되고 이 물질에 '리타타리움'이라는 이름이 붙었다는 뉴스가 전해진다. 소녀는 '우리가 말을 지어냈으니 세상이 서둘러 의미를 만들어낸 것'이라고 말한다. 이어 '신도 어쩌면 그런 식으로 세상을 만들었는지 모르지'라며 미소 짓는다. 읽고 있는 나조차 저절로 지그시 웃게 되는 장면이다.

참 철학적이기도 하지만 동시에 현학적으로 들린다. 굳이 어려운 얘기를 하자는 것은 아니지만, 19세기 언어학자 '소쉬르'의 이론이 연상되는 것은 어쩔 수 없다. 소쉬르는 '언어'를 일종의 '기호'로 보았고 이는 '기표'와 '기의'로 나뉜다고 했다. '기표'는 문자나 발음 그 자체이고 '기의'는 그것이 품고 있는 뜻이다. 하나의 기표가 여러 가지 기의를 가질 수 있으며 기의는 언제든지 변할 수 있다.

예를 들어 '빨강'이라는 단어의 기본 의미는 '색깔 중 하나'이지만 신호등에서의 '빨강'은 '정지'의 의미로 변화한다. 영화 <기생충> 속의 '냄새'나 '선'이 '가난'과 '계급'을 은유적으로 상징하는 데 쓰인 것도 마찬가지다. 단어는 형식적 기표를 넘어 그 속에 담긴 의미에 따라 얼마든지 변할 수 있어 매력적이다. '맥락 속에서 단어를 이해해야 한다'라는 '소쉬르' 이론에 매료될 수밖에 없다.

웃음을 지어보다

단어를 가지고 놀다 보면 종종 유머가 탄생한다. 그럴 때면 입질 좋은 물고기라도 걸린 양 그 재미가 찰지다. 유머의 원리는 무엇일까 궁금해서 찾아본 적이 있다.

"웃음은 팽팽한 기대가 갑자기 어처구니없는 것으로 전환될 때 일어나는 감정이다."

철학자 칸트의 말이다. 원래 어떤 관점, 그중에서도 주로 심각한 관점에서 인지되던 것을 갑자기 다른 관점 또는 엉뚱하거나 예상을 빗나가는 우스꽝스러운 관점에서 보게 되면 원래의 기대는 거품처럼 무너져버리고 결국 웃음이 터져 나온다는 것이다. 과연 철학자다운 그럴듯한 설명이다. 뻔히 예상되는 전개에서 빗나갈 때 누구든 통쾌한 감정이 들고 또 웃음이 터진다. 그리고 그 웃음이 활력을 주니까.

반전이 가져다주는 카타르시스를 주는 작품으로 넷플릭스에 올라온 일본 애니메이션 <극주부도>를 소개하고 싶다. 야쿠자 세계에서 명성이 자자한 전국 최고의 야쿠자가 돌연 '전업주부'가 되는 줄거리다. 모든 일에 비장하고 쓸데없이 살벌한 그의 모습에 어처구니없는 실소가 터진다. 회칼을 들고 피 칠갑을 한 그는 깜찍한 곰돌이 깃발이 꽂힌 어묵 도시락을 만들기 위한 '생선 해체쇼'에 열을 올린다. 무릎 꿇고 '엄격, 근엄, 진지'하게 기다리던 '회장님'은 사실 동네 부녀회 회장님이다. 칼자국이 선명한 험상궂은 맹도견의 이름을 '엘리자베스'라고 설정한 것이나, 죽은 메뚜기를 짊어진 개미 행렬을 보고 '야, 너희들 그거 먹으려고 가져가냐?'라고 묻는 고양이에게 '아, 네, 뭐'라며 '멋쩍고 성실한' 회사원의 말투로 대답하는 개미도 유머의 포인트이다. '무서움'이 알고 보니 '귀여움'이었다. 하루의 긴장을 풀며 맥주 캔을 따는 청량감이 배어난다.

'광기'라는 부업을 아시나요

조개는 게랑 더 친할까 아니면 벌레랑 더 친할까? 프랑스 그림책 《누구랑 더 친할까?》는 나의 '기표'에 담긴 '기의'가 얼마나 협소한지 알아야 한다며 펀치를 날린다. 조개가 벌레의 친구일 수도 있다고 생각지 못했으니까. 곰곰이 생각해보면 어떤 조개는 '게'가 아닌 '벌레'와 더 친할 수도 있다. '바다'라는 서식 공간으로 분류할 줄만 알았지 '벌레'와 '조개'를 친구로 맺어주는 상상력을 잃은 지

오래다. 판타지와 상상력이 필요할 때이므로 낯설게 보기를 주저하지 않을 테다. '친하게 지내'라며 엉뚱한 것들의 만남을 주선할 때 아주 재미있는 일이 생긴다. <극주부도> 속에서 야쿠자와 가정주부가 창조적 관계로 엮이는 것처럼. 야쿠자의 부하들도 극심하게 반발하다 종국에는 '주부와 야쿠자는 표리일체가 아닐까'라며 인정하지 않는가.

'기표'가 담을 수 있는 수많은 의미를 더듬어 억지 없이 자연스러운 고리를 만드는 기발함을 즐길 거다. 어울리지 않는 단어의 조화에 깔깔대는 천진무구한 광기에 무람없이 빠지고 싶다.

아직 글을 본업 삼을 준비는 되지 않았다. 내 안에서 펄펄 뛰는 날것의 불꽃도 생계의 풍파에 따라 일어나고 지고 할 것이다. 동면에 든 창고에 지금부터라도 슬슬 군불이나 때볼까 한다. 한 자 한 자 써가며 그 불씨를 오래도록 묵묵히 지켜낸다는 전제하에 가능할 것이다.

CHAPTER —— 05

빛바랜 호랑이

상처와 함께 살아가는 법

홍콩 라마섬에 묻은 무엇

홍콩에서 잠시 산 적이 있다. 그 당시 여유 있을 때마다 '라마'라는 작은 섬에 가곤 했다. '라마 섬'은 영화배우 주윤발의 고향으로 유명하다. 골목마다 수제 공예품 상점들이 들어차 알록달록 다채롭다. 동서양 분위기가 혼재된 야외 펍은 무척 이국적이다. 야들하니 짭짤한 관자 요리가 일품인 시푸드 레스토랑은 나의 어김없는 참새방앗간이다. 쫄깃하게 씹히는 식감과 맛을 음미하며 내게 허락된 모든 것에 감사하게 된다.

사실, 라마 섬을 찾는 진짜 목적은 따로 있었다. 태양이 작열하는 해변에 앉아 시원한 맥주 한 병을 들이켜기 위함이다. 그러려면 7km에 달하는 하이킹 코스를 먼저 지나야 한다. 바나나 숲을 지나야 하고, 그늘 없이 노란 땡볕 아래를 걸어야 한다. '그만 포기

할까'라는 고민이 세 번째 찾아올 즈음이면 마침내 탁 트인 바다가 펼쳐진다. 그럼 두 다리가 저린 것도 잊고 한달음에 달려가 털썩 모래 위에 주저앉는다. 그리고 다리를 쭉 뻗은 채 차가운 맥주를 들이키는 맛은 어떤 묘사로도 표현할 수 없다. 그 카타르시스란 세상 누구도 다른 무엇도 부럽지 않은 심정이다.

나는 그곳에 검은 상자 하나를 묻고 왔다. 그 어디에서도 찾을 수 없는 상상 속의 상자다. 라마 섬의 숲과 풀, 흙을 밟고 해변 모래 한구석을 파낸다. 거친 구덩이를 만들고 조심스레 마음속 가장 괴로운 기억들을 꺼내 늘어놓았다. 낙엽처럼 말린 기억의 파편 끝을 가만히 매만져 펴고 그 기억이 되새겨지자 한껏 울었다. 괴로우면 괴로운 대로 아프면 아픈 대로 느끼며 고이 접었다. 그리고 하나로 끌어모아 상자에 넣고 봉한 다음 아주 깊은 곳에 고이 묻었다. 다시 꺼내 볼 수 없도록 깊이.

어른답지 못한 어른이 있어요

말이 두서없어지고 감정 관리가 힘들어질 것 같아 심호흡부터 하고 이야기를 시작한다.

'그분'을 처음 만난 것은 내가 어느 제조업체 해외사업팀의 대리로 재직할 때다. 나는 그분 그러니까 '부회장'의 첫 부임을 앞두고 의전을 담당했다. 첫 만남인지라 나는 먼발치에서부터 환히 웃으며 정중히 허리 굽혀 인사를 했다. 나의 의례적인 인사가 친밀감을 주었을까. 그는 밑도 끝도 없는 얘기를 30분간 내리 늘어놓았다. 기나긴 대화의 주제는 '고로 여자는 남자를 잘 만나야 한다'라는 말이었다. 얼마나 시시한 결론이며 돼먹지 못한 사고인가.

그는 왕년에 한자리했던 인물이었다. 모 제조업협회의 최고위직을 지냈지만 비위가 탄로 나기 전에 자진해서 사퇴했다는 뒷말이 들렸다. 그래서 본인이 아닌 아내의 명의로 땅을 사고 건물도 샀다고 했다. 그런 그가 예순 중반이 넘어 일선에서 물러나 우리 회사의 고문직으로 부임한 것이다.

회사 임원들은 그를 향해 '부회장님, 부회장님' 하며 허리를 굽신거렸다. 그에게는 협회장 시절 부지런히 모아둔 중국 관련 업계 인사의 리스트가 있었다. 당시 회사가 중국 진출에 총력을 기울이던 시기였기에 그 리스트를 절실히 필요로 했다. 부회장 수첩 속 인사들이 어느 정도의 영향력을 가지는지, 얼마나 깊은 사이인지 가늠할 수 없었지만 중국 시장 개척을 위한 유일한 자구책이었다.

부회장은 아내 명의로 된 빌딩의 한 칸을 사무실로 쓴다고 했다. 나는 그 사무실 청소에 동원되었다. 바닥을 쓸고 닦는 것은 물

확실한 것은, 어떤 상처건 받아들이는 법을
천천히 배워 나가게 된다는 것이다.

론 책상 위의 먼지 한 톨까지도 호호 불며 훔쳐냈다. 빠진 비품은 없는지 점검하고 구색에 흠 되는 곳은 없는지도 꼼꼼히 둘러보았다. 부회장은 그래도 부족해 보였는지 혀를 차며 벽 이곳저곳에 걸 액자와 현판을 빠른 시일 내에 마련해달라고 했다.

하루는 부회장의 부인이 다과를 가지고 사무실에 왔다. 살갑지도 그렇다고 아주 무뚝뚝하지도 않은 중년의 여인이었다. '몸빼바지'에 늘어진 티셔츠를 걸친 후덕한 모습이 인상적이었다. 그녀는 손수 내린 헛개즙 한 잔을 내게 따라주었다. 얼음 한 조각이 유리잔 속에서 부딪히는 소리가 시원했다.

부회장은 사업이니 인맥이니 하며 늘 바깥으로 돌았다고 했다. 가끔 회사에서 마주칠 때마다 팥죽색의 불콰한 얼굴을 하고 있었다. 불그죽죽한 얼굴로 말까지 어눌하여 취해 보이지 않은 적이 없었다. 간혹 만취 상태가 되었을 때는 오른쪽 귀밑의 사마귀가 더욱 검붉어졌다. 그 위에 돋은 세 가닥의 털을 볼 때면 오소소 소름이 돋아날 정도로 싫었다.

그의 부임 이후 중국 사업은 가속 페달을 밟았다. 사무실이 마련된 뒤 한 달여 만에 첫 출장이 잡혔다. 이후 달마다 연거푸 중국에 날아가 이런저런 거래처들을 소개받았다. 부회장은 비행을 무척 좋아해서 한 달에 최소 한 번은 콧바람을 쐬어주어야 한다며 번번이 들떴다. 동행한 임원들에게 고객 등급과 마일리지를 과시했고, 임원들은 과연 대단하시다며 치켜세우기 바빴다. 부회장은 비즈니스석에, 임원들과 나는 늘 이코노미석에 탑승했다.

해도 그만 안 해도 그만인 미팅이 하루에 서넛 잡혀 있었다. 그저 안면이나 트는 차원인 듯 대개는 길게 이어지는 법이 없었다. 보통은 기승전 '잘해보자'라며 좋은 게 좋다는 분위기로 마무리되곤 했다. 원가율이니 마진율이니 하는 진짜 중요한 이야기는 다음 미팅 때나 되어서야 할 모양이었다.

문화적 특성이기라도 한 걸까? 비즈니스 출장의 목적은 따로 있었다. 밤이고 낮이고 할 것 없이 융숭한 술자리가 펼쳐지는 바람에 정신을 차리기 어려웠다. 과장된 웃음이 연달아 터졌고 '우리는 형제'라는 비장한 결의가 오가는 게 도원결의마저 울고 갈 지경이었다. 몸을 부둥켜안는 것도 모자라 장년이며 노년의 남성들끼리 서로의 입술을 부벼대는 것은 그 어디에서도 목도 하지 못할 장관이었다. 과연 삼국지의 나라다웠다. 누가 유비이고 제갈량인지 그곳에 있던 모두는 관우 아니면 장비처럼 호탕함을 보여주었다. 부회장이 농담을 건넸다.

"거, 2차는 제가 대접할 테니 총들 잘 챙겨두십시오."

좌중이 왁자하게 웃음을 터뜨렸다. 내 어학 실력 자체가 부족했던 것인지 통역하는 나 혼자만 뜻을 몰라 어리둥절해했다.

수컷들의 현란한 쇼, 위풍당당한 웃음과 농담 섞인 여유와 허세 등이 어지럽게 뒤섞여 공기마저 탁했다. 부회장은 무릇 영업하려면 술을 잘 마실 줄 알아야 한다고 했다. 여기서 영업하는 사람에는 '나'도 포함되므로 바이어가 대접하는 40도 이상의 술을 주는 대로 마셔야 했다. 중국 후베이성에서 이 업계를 꽉 잡고 있다는 '이 회장'은 내 유리잔에 최고급 배갈을 넘치게 따라주었다. 호기롭게 이를 원샷하자 우레와 같은 박수가 쏟아졌다. 나는 한껏 의기양양해졌다. 그리고 나 자신에게 잠시 도취되었다. '난 여장부다. 열 남자 못지않은 영업사원이다'라고 의지를 다지며 술잔을 비워갔다.

대낮 술자리가 끝나고 도취 반 객기 반으로 꾸역꾸역 올라오는 욕지기를 참아가며 멀쩡한 척 가까스로 호텔 방에 도착했다. '브라보, 얼마나 멋진 나인가!'라며 완벽한 승리를 선언했다. 알코올에 푹 절은 무거운 몸뚱어리를 침대 위에 털썩 내던졌다.

사건을 밝히다

얼마나 지났을까. 똑똑, 방문을 노크하는 소리가 들려왔다. 그

와중에 내가 어떻게 걸어갔는지, 또 어떻게 문을 열었는지 기억이 나지 않는다. 그저 맥이 풀려 그 자리에 쓰러졌다. 부회장의 '이기 뭐꼬, 이기 뭐꼬?'라는 소리가 희미하게 귓전으로 들려왔다.

"내가 안마를 불러달라고 했는데, 안마를 안 불러줘서 와 봤다. 근데 이기 뭐꼬?"

그랬다. 올라오는 엘리베이터 안에서 부회장은 안마사를 방에 보내달라고 프런트에 말해둘 것을 지시했었다. 아차 싶다는 생각과 동시에 뱃속 내용물이 목구멍으로 치솟는 것을 느꼈다. 투철한 직업의식도 무참해졌다. 문 옆 화장실 변기로 몸을 날렸다. 부회장이 변기를 붙잡고 토하는 내 등을 두들기며, 입고 있는 겉옷과 티셔츠가 거추장스러우니 벗는 게 좋겠다고 말한 기억이 어렴풋이 떠오른다. 부회장은 내가 못내 걱정된다며 침대로 데려갔다. 나는 얼굴을 옆으로 돌려 하얀 베개에 한 번 더 토한 뒤 그대로 기절했다.

깨어나니 날은 벌써 컴컴해져 있었다. 방 안의 물건들은 어스름한 불빛에 잠긴 채 희미했다. 맨살에 닿은 이불이 차가워 소스라치게 놀랐다.

'이게 뭐지?'

잠시 기억을 더듬다가 이내 큰일이 벌어졌다는 걸 알아챘다. 무시무시한 그러나 돌이킬 수 없는 불상사가 터지고 만 것이다. 베개의 토사물까지는 기억이 났다. 드문드문 얼룩진 핏자국과 뭉치로 뜯겨 나간 머리카락, 긁힌 생채기들이 어떻게 생긴 것인지는 몰랐다. 가물가물 현상되던 기억들이 마침내 선명하게 떠올랐다.

나는 경악했다. 반쯤은 미쳐 덜덜 떨리는 손으로 여기저기 닥치는 대로 전화를 돌렸다. 들짐승 같은 울음을 토해내며 목이 터져라 비명을 내질렀다.

단 1분만 일정에 못 맞추어도 세상 무너지는 줄 알았던 내가 다음 날 업무 일정을 모두 펑크 내고 아침 첫 비행기로 귀국했다. 귀국 즉시 해바라기 센터로 향했다. 진술서를 쓰고 경찰과의 질의응답을 녹음했다. 성폭력 키트 검사를 위한 증거도 채취했다. 곳곳에 남은 부상 부위를 사진으로 기록했으며 당시 착용했던 의복과 속옷도 모조리 제출했다. 일련의 절차와 대기 시간을 번갈아 거치니 다음 날 새벽이 되었다. 무쇠 같은 몸을 질질 끌고 집으로 돌아온 뒤 그대로 혼절해버렸다.

나는 이 사실을 재직 중이던 회사는 물론 동행했던 임원들과 직속 상사에게 모두 알렸다. 이후 지겹도록 긴 공방이 이어졌다. 경찰과 검사, 변호사와 판사 앞에서 같은 내용을 몇 번이고 구술해야 했다. 기록하고 또 써 내려가는 나날들의 반복이었다.

외상 후 장애는 더욱 괴로웠다. 세상은 모두 악마, 성기, 박쥐 등 로르샤흐의 검은 얼룩으로 뒤덮여 있었다. 사람의 피부가 닿을 때마다 나는 불에 덴 듯 놀랐다. 갓 돌 지난 조카가 옹알 거리며 안기려 할 때조차 바닥에 홱 밀쳐낼 정도로 심각했다. 비슷한 연배의 장년 남성들은 모두 부회장으로 보였다. 그 손과 눈들이 무서워 대중교통조차 이용할 수 없었다. 울먹이며 흐느끼다 통곡했다. 더 이상 나오지 않는 마른 눈물까지 모두 흘려냈을 즈음 헛개수를 주었던 '사모님'이 만나자고 했다. 그녀는 애달픈 목소리로 합의를 요청했지만 나는 끝까지 합의를 거부했다. 그녀는 무릎을 꿇고 바닥에 엎드리며 용서를 구했다.

"딸들은 모르고 있어요. 자꾸 제 아버지 행방을 물어요."

내가 지금 토끼굴에 빠지기라도 한 걸까. 발밑에서 흐느끼는 여인이 흘리는 눈물의 의미는 영원히 이해할 수 없을 것 같았다. 나는 무심히 눈을 떨구었다. 별 감정도 담기지 않은 목소리로 상투적인 요청을 했다.

"부회장이 친필로 진심을 담은 사과문을 써준다면 한번 고려해 볼게요."

그러나 부회장은 사과문을 쓰지 않았고, 결국 합의에 이르지 못했다. 그런 일이 절대로 없었다는 부회장의 주장과 쌍방이 좋아서 한 일이었다는 주장 모두 거짓말 테스트기를 통과하지 못했다. 그는 대법원에 이르기까지 연속해서 항소했지만 모두 기각되었다.

헛개수가 숙취를 해소할 수 있다니 어림 반 푼어치도 없는 소리다. 바다만큼의 고량주에 헛개수 한 병 뿌려봐야 무슨 소용이 있겠는가. 한 사람을 무참하게 뭉개버린 죗값에 고작 2년 6월의 징역형이라는 처방이 무슨 위로가 되겠는가. 불에 타버린 생살이 짓무르다 터지고 또 터지는 고통에서 거듭 심폐 소생을 시도해보았다. 그러나 내 안의 어떤 한 부분이 영원히 죽어버리고 마는 결과만 낳았을 뿐이다.

날 생각해주지 않는 그들

형이 선고되기까지 꼬박 1년이 넘는 시간이 걸렸다. 그간의 고통은 짓이겨 질대로 짓이겨져 정신이며 육체가 처참하게 뭉그러졌다. 그날의 기억은 나를 처절하게 괴롭히고 짓밟았다. 특히나 사건 이틀 후, 회사의 직속 상무가 걸어온 어처구니없는 전화 한 통은 나를 끝없는 나락으로 밀어버렸다.

"혹시 말이야, 다음 주 '상해 박람회'까지만 참석해주면 안 될까? 이제 와서 대체할 만한 사람을 구할 수 없어서 말이야. 자네가 기획부터 쭉 담당해왔으니까 부탁 한 번만 하자."

당장 회사를 때려치우고 싶었다. 하지만 회사가 내 편이 돼주지 않으면 상황이 불리해질 것 같았다.

"그놈은 개새끼야. 그런 놈은 감옥에 처넣어야 해. 필요한 것은 모두 지원해줄 테니까 부담 없이 말해."

임원들이 건네는 위로는 모두 허울 좋은 위선일 뿐이었다. 눈앞에서 장담하는 저 임원진과 대표는 내가 퇴사하는 순간 안면을 몰수할 게 뻔했다. 출장에 동행했던 전무는 부회장과 막역한 50년 지기이자 동향 친구였다.

부회장에게 2년 6월의 징역형이 선고되던 날까지 나는 결근 없이 아득바득 출근했다. 사무실에서 기계적으로 일할 때를 제외한 거의 모든 시간에는 죽은 듯이 깊은 잠에 빠져 지냈다. 일상은 아무런 의미를 갖지 못한 채 기억에서 모조리 말소되고 말았다. 나는 그렇게 비틀거리면서도 서 있어야 했고 버텨야 했다.

부회장의 대법원 항소가 기각되던 날 나는 그 회사를 퇴사했다. 이후 민사소송을 진행했지만 부회장 앞으로 된 재산은 땡전 한 푼 없었다. 그 많은 땅과 빌딩 모두 '부인' 명의로 되어 있었다. 회사에도 손해배상 청구를 했다. 회사는 해당 사건이 개인 간의 단순한 일탈일 뿐이라며 사측의 과실이 없다고 주장했다. 보상 능력이 없다, 의무가 없다며 책임을 떠넘기기 바쁜 얼굴들 가운데서 홀로 싸워내는 일은 너무 힘들고 고통스러웠다. 변호사가 전해주는 말을 들을 때마다 몸이 벌벌 떨리고 뱅글뱅글 눈이 돌며 하늘이 노래졌다. 두 다리가 무너져 내리고 머릿속이 아득해졌다. 이 모든 사건이 나의 문란한 품성에서 비롯되었다는 상대측의 주장을 들을 때는 차라리 내 몸뚱어리를 갈가리 찢어 놓고 싶었다.

형사 재판 출석 당시 상대 변호사가 내게 했던 질문은 평생 잊을 수 없다.

"당신은 어떻게 이처럼 수치스러운 일을 남들에게 알릴 생각을 했나요? 만약 제 아내가 그런 일을 당했다면 저는 그저 조용히 혼자 입 다물고 있어 주길 바랐을 겁니다. 당신의 저의가 심히 의심스럽습니다."

재직 기간 동안 수시로 연락하며 살갑게 굴었던 업계 기자들에게 도움을 청해보았다. 리스트에 열거된 수십 명의 기자에게 전화해 대략적인 사실과 사건 번호를 알려주었다.

"그게 말이죠, 쯧, 죄송해요, 대리님. 요즘 저희 대표님하고 그쪽 대표님 사이가 아주 막역해요. 밀월 중이시라니까요. 그쪽 대표님께서 1면 광고를 2년이나 계약해주셨거든요."

빛바랜 호랑이는 포효하지 못한다

왜 하필 나였을까? 이 질문의 답은 오리무중이다. 답이 중요하지도 않다. 어떤 일은 그냥 일어난다. 살다 보면 슬프고 괴로운 일들이 예기치 않게 벌어진다. 이를 다 잊게 되는 날은 결코 오지 않는다. 시간이 약이라고 하지만 시간의 흐름에 관계없이 점점 더 아파오는 상처가 있다. 물론 세월에 침식되어 희미해지는 상처도 있다. 확실한 것은, 어떤 상처건 받아들이는 법을 천천히 배워 나가게 된다는 것이다. 그러다 보면 내 몫의 아픔을 품고 살아갈 힘이 생기게 된다. 고통을 감내하면서 아픔에 무뎌지는 것일지도 모른다.

용서는 다른 문제이다. 여전히 그를 용서할 수는 없다. 나는 그에게 정식으로 사과할 기회를 주었다. 끝까지 부인한 그는 '골든타임'을 놓쳐버렸다. 지금까지도 어떤 용서를 구한 적이 없다. 어설픈 온정주의를 발휘할 생각은 추호도 없다.

유튜버 '김알파카'님은 말했다. "나는 함부로 용서하지 않을 것이며 누구도 나에게 용서를 강요할 수는 없다. 용서를 빌어 문제를 해결할 수 있다는 것은 가해자의 논리이다. 용서는 구하는 것이 아니라 나 스스로 '되는' 것이다. 그러므로 용서는 '타인'이 주체가 되면 안 된다. 용서는 자신을 치유하는 과정에서 완성되는 극복의 문제이다. 누구도 이해나 관용을 제시할 수 없다. 지극히 개인적인 영역이다."라고.

2년 6월의 징역형이 끝났다. 나는 라마 섬에 묻어둔 상자를 꺼냈다. 내리쬐는 햇볕 아래로 생생하고 시뻘건 아픔이 스멀스멀 기어 나와 번져간다. 눈물이 차오르지만 이를 악물고 흘리지 않는다. 대신 번져가는 기억을 다독였다. 그리고 그대로 놔둔 채 자리를 떴다. 어느 순간 빛바랜 호랑이 그림처럼 차츰 퇴색되고 부식되어 침전되기를. 아니 마모되고 풍화되기를 간절히 바란다. 치유되지 못한 채 남아 있는 상처가 덧나지 않도록.

CHAPTER — 06

알고리즘 인간

'유일함'의 어려움

개미 표류하다

외국계 명품 패션 브랜드인 D사의 홍콩 본부에서 일한 적이 있다. 패션 업계에서 일하는 것은 화려하고 멋진 일이지만, 해외 본사에서 정한 규칙과 선을 엄격하게 지켜야 한다는 단점이 있었다.

어떤 일이든 어려운 부분은 있게 마련이다. 규율 준수를 보여주는 작은 사례로 사무실 집기조차 본사 가이드에 따라 배치된다는 점을 들 수 있다. 그래서 사진으로만 보면 유럽, 미국, 한국의 사무실을 구분하기 어렵다. 컵 하나, 오브제 하나, 노트나 펜까지 전부 본사에서 정해준 것만 써야 한다. 그 이외의 것이 책상 위에 있어서는 안 된다. 업무 역시 본사가 정해준 범위 안에서 그들의 기획과 지시를 수행하는 경우가 대부분이다. 로컬에서 할 수 있는 일이라곤 유통이든 홍보든 현지에 맞게 최적화하는 일 정도로 한정

되었다. 거칠게 말해 반제품을 받아 기후와 토양에 적합한 완제품으로 만드는 것이나 마찬가지였다.

기획부터 실행, 분석에 이르는 전 과정을 주체적으로 경험해볼 수 없다는 점이 아쉬웠다. 마케팅의 전 과정을 아우르는 '전문가'가 되는 것이 나의 목표였기 때문이다. 속된 말로 마케팅 업계에서 장수하고 싶은 속셈이 컸다. D사에서 대리로 일한 지 어느덧 3년, 과장 직책으로 올라갈 2년 후 즈음에는 이직해야겠다고 계획했다. 당시 업계 간 이직은 흔한 일이었다. 이직 없이 '몸값'을 올리는 것은 현실적으로 불가능한 일이었다.

대기업에 입사해서 정년퇴직할 때까지 평생 업으로 삼을 수 있었던 시절이 있었다. 이젠 그것도 옛말이 되었다. 이직으로 자신의 몸값을 올리는 사람들도 있지만 '울며 겨자 먹기'로 옮기는 사례도 많다. 지금은 그만큼 고용이 불안정한 시대이다.

옆자리 동료가 오전 10시쯤 해고 통보를 받고, 그날 오후 자리를 정리하고 나가는 것을 보았다. 업무 마비라도 될 줄 알았는데 웬걸 회사는 무탈하게 잘 돌아가는 게 아닌가. 물론 조금의 불편함은 감수해야 했다. 이 자리를 오래 지켜 왔던 친구였다. 하지만 애초에 누가 되든 상관없었다. 속 모를 표정으로 무덤덤하게 제

짐을 구깃구깃 챙겨 넣던 동료의 얼굴이 자꾸 눈에 어른거렸다. 이를 지켜보던 직원들 모두 자신이라고 뭐가 다를까 싶었을 것이다. 지금 당장 자기가 그 대상이 아니었음에 안도했으리라. 매일 외줄 타는 듯한 심정이지만 박차고 나갈 수 없는 것도 현실이다. 누구도 감히 말을 걸지 못하고 서로 눈치만 보며 안타까움을 전했다.

나태는 지옥의 지름길

3년 전부터 구독한 플랫폼이 있다. 직장인을 위한 데일리 매거진이다. 이 플랫폼은 효과적인 커리어 관리와 실무 능력 향상을 위한 노하우, 업계 동향 및 최신 트렌드까지 관련 콘텐츠를 제공해준다. 시의적절한 정보를 잘 섞고 버무려 한입 크기로 입에 쏙 넣어주는 영리한 비서이기도 하다.

한편, '노동 시장'에서의 '경쟁력'을 강화하고 '몸값'을 '레벨 업' 하여 '더 많은 재화'를 획득하려면, '어디서'부터, '무엇'을, '어떻게' 해야 하는지 몰라, 결국 '구글'이라는 망망대해에 표류하는 우리에게 실용적이고 튼튼한 동아줄을 던져준다.

읽는 동안만큼은 성공을 손에 쥐어주는 듯한 일부 자기계발서보다 더 구체적이고 실용적인 나침반이 되어줄 때가 많다. 이외에도 나는 Z세대 최신 트렌드나 경제 동향을 알려주는 매거진 형식의 여러 플랫폼을 구독한다. 내가 보는 흐름이 정확한지 견주어보고 다름을 받아들이며 변화를 좇아간다. 기존에 알던 세상의 모양새를 다듬어 시대가 요구하는 모양으로 바꾸고자 애쓰는 것이다.

개중에는 무료로 제공하던 콘텐츠를 유료로 전환한 곳도 제법 있다. 시간과 에너지가 투입되는 것에는 그에 상응하는 재화가 지속적으로 공급돼야 한다. 그래야만 '서비스(또는 제품)' 역시 그 양과 질을 무리 없이 유지해나갈 수 있다. '엣지가 있되 선 넘지 않는 정도로' 깔끔하게 큐레이션 해주는 서비스에도 예외 없이 애덤 스미스의 질서가 적용된다. '보이지 않는 서비스'는 '보이지 않는 손'들에 의해 시장 경제의 주요한 맥으로 자리 잡았다. 그중 하나가 '구독경제' 서비스이다. '점심 뭐 먹을까?'라는 퀘스트를 깨고 나면 다시 짬뽕이냐 짜장이냐를 고민하는 우리에게 정말이지 편리한 서비스가 아닐 수 없다.

OTT를 위시한 구독경제는 새로운 경제 트렌드인 양 회자된다. 하지만 '선별' 작업을 거쳐 유무형의 '결과물'을 '정기적'으로 제공하는 서비스는 이전부터 존재해왔다. 대표적인 것으로 신문과 우유 배달이 있고, 각종 학습지 또한 대유행했다.

정기적 서비스는 편리하지만 일정 부분 부담스럽기도 하다. 나는 유독 수학 학습지를 끔찍하게 싫어했다. 초급 단계에서는 그림으로 설명되어 이해하기 순조로웠다. 하지만 몇 단계 올라가면 하얀 건 종이고 검은 건 숫자라며 안면몰수하니 기껏해야 열 살 정도의 나에게 그 모습은 흉악하기 짝이 없었다.

지도 교사가 일주일에 한 번씩 방문해 학습 내용을 체크하는 '약식 과외' 방식이었다. 정해진 요일과 정해진 시간이 있으므로 제 분량을 풀어야 했다. 아니면 전날부터 스트레스를 받기 시작해 당일 하굣길에는 지구 종말을 기도하기도 했다. 끙끙 앓던 끝에 벼락치기로 해낸다면 그나마 나은 경우였다. 대부분은 백지 그대로인 학습지를 붙들고 힐난과 죄책감을 고스란히 견뎌내는 식이었다. 가끔은 학습지를 학교에 두고 왔다고 하든지 잃어버렸다든지 하는 뻔한 거짓말을 해댔다. 그 '찌질'하고 한심한 내 어릴 적 모습을 떠올리면 성인이 된 지금도 민망하기 그지없다. 외상 후 후유증까지 남은 셈이니 그 위력이 대단하다.

성실히 '구독'해야 한다는 압박감은 내 평생을 따라다녔다. 'To-Do-List'에 매일 올라오긴 해도 지워진 적은 거의 없는 '오늘은 홈

'노동 시장'에서의 '경쟁력'을 강화하고 '몸값'을
'레벨 업'하여 '더 많은 재화'를 획득하려면, '어디서'부터, '무엇'을,
'어떻게' 해야 하는지 몰라, 결국 '구글'이라는 망망대해에 표류하는
우리에게 실용적이고 튼튼한 동아줄을 던져준다.

트레이닝 꼭!' 따위의 메모가 주는 죄책감과 비슷한 것이었다. 크고 작은 결심은 도처에 널린 작은 가시처럼 지금도 나를 따끔하게 찔러댄다. 고생하는 관계자들께 정말이지 너무나 죄송한 말씀이지만 내 죄책감의 원천 대부분이 자기 계발 매거진을 포함한 구독 서비스이다. 'OTT' 서비스나 '전자책 플랫폼', '직장인 교육 플랫폼' 등 다수 구독 업체에 성실히 돈을 기부하며 본전 따위는 정중히 사양하고 있다.

이런 '구독 과잉'은 '위기의식'에서 출발한다. 뭐라도 하지 않으면 정보나 기회를 다 놓칠 것 같은 두려움이다. 결국, 뒤처지다가 끝내는 도태될 것 같다는 불안감을 느끼는 나에게 '구독'은 세상과 맞서는 강력한 '무기'로 느껴졌다. '자기 계발 콘텐츠'는 나를 비싼 몸으로 만들어줄 달콤한 '연금술'이었다. '명상 콘텐츠'는 '만병의 원인'인 스트레스를 치유해줄 '힐링 포션'이다. 그러나 유용한 정보는 뒤로한 채 '유튜브' 가십 뉴스에 빠지고 마는 이 박약한 의지는 무엇이란 말인가. 그런데 정작 '유튜브' 프리미엄 서비스 비용은 아깝다며 몇 년째 광고를 참고 보는 것은 대체 무슨 아이러니인가.

신경정신과 주치의는 '반드시, 꼭, 어떤 상태이어야만 해', '무엇이 되어야만 해', '어쩌지 않으면 큰일 날 거야'라는 생각이 허상이며 위험하다고 했다. 물결이 일면 이는 대로 그저 몸을 맡기라고 했다. 세찬 흐름을 거스르려고 애쓸 것 없이 그냥 따라 흘러가면 되고, 문제가 생기면 그 상태에서 최선을 선택하면 되고, 그것이 안 되면 차선으로 대처하면 된다고 강조했다. 삶에 '정답'이 있다고 믿는 나의 전제가 잘못되었다는 것이다.

대치동 키즈 전전긍긍하다

재화를 창출하는 성실한 도구가 되어야 한다는 신념은 내 정체성이다. 자라난 환경에서 부유하던 미미한 낌새와 기미들이 먼지처럼 내려앉아 퇴적된 것으로 그 역사가 오래되었다.

시작은 다섯 살 즈음이다. 세브란스 병원 진료실, 나는 동그란 의자에 앉아 다리를 대롱대롱 흔들고 있었다. 엄마와 의사 선생님은 아빠에 관해 이야기를 나누었다.

"신장 두 개 모두 기능이 다했습니다. 이식을 받지 않으면 평생 투석해야 합니다. 예후가 좋다고 말씀드릴 수는 없네요. 장기 기증자를 기다리도록 합시다."

계속 졸음이 오고 피로하다던 아빠의 병명은 만성신부전증이었다. 세브란스 병원 앞 노란 은행나무 잎이 걸음걸음마다 별똥별 처럼 쏟아지는 날이었다. 떨어지는 은행잎을 잡겠다고 허공에서 휘적휘적 두 손을 저었다. 우연히 손에 잡히면 기뻐하며 시답잖은 소원을 빌었다. 엄마는 넋을 놓은 채 그 모습을 물끄러미 바라보았다. 엄마는 이제 가족 모두가 가장이 되어야만 한다고 생각했다. 서로가 서로의 가장이 되어야 했다.

"이 아이, 아빠가 없어. 부친이 있어야 할 자리가 깨졌어."

4학년 즈음인가, 내가 다니던 향교 훈장님이 엄마에게 한 말이다. 역학을 공부한 훈장님에게 상담을 요청하는 어른들이 제법 많았다. 당시 어린 나에게 그 말이 딱히 충격으로 다가오지는 않았다. 하지만 시간이 지나면서 그 말의 울림은 점점 커졌다. 나는 내가 태어났기 때문에 아빠가 아프게 된 것이라고 확신하게 되었다.

나는 이후 10년간 미술, 피아노, 수학, 영어, 컴퓨터 학원에 성실히 다녔다. 엄마가 운전하는 차를 타고 대치동 전선을 누비던 기억 외에 유년기의 다른 기억은 남아 있지 않다. 엄마와 나는 동맹을 맺은 듯한 관계가 되었다. 수년 후에는 나 스스로 나의 가장이 되겠다는 약속을 한 셈이었다. 그 동맹의 결과를 성공적으로 이끌기 위해 엄마는 학생 체육관에서 밤새 줄을 서서 S선생의 사과탐강의 우선 신청권을 받아 왔다. 나는 밤 11시, 가끔은 새벽 2시에 끝나는 S선생 강의를 들었다. 엄마가 손수 갈아준 딸기 주스를 마시면서 엠넷 TV를 보는 게 유일한 보상이었다. 새벽 서너 시까지 엠넷을 보다가 잠이 들었다. 즐길 수 없는 청소년기를 엠넷 속으로 꾸역꾸역 구겨 넣듯이.

아빠는 아빠대로 전력을 다했다. 한 평 남짓한 공간을 꽉 채운 투석액을 볼 때마다 아빠라는 존재를 실감할 수 있었다. 엄마와 내가 대치동을 라이딩 하는 동안, 아빠는 나름의 방식으로 싸우고 있었다. A사 사무실의 한쪽 구석에서 이뤄지는 H과장의 은밀한 투석은 우리 가족만 아는 사실이었다.

"너는 네가 벌어 먹고살아야 한다. 우리가 널 도와줄 수가 없어."

내게 주문처럼 외우는 엄마 말이었다. 그래서 공부 외에 다른 것을 생각해본 적이 없었다. 그렇게 나는 아무 일탈 없이 회사원이 되었다. 국내 대학을 졸업한 미꾸라지가 할 수 있는 가장 현실적이고 효율적인 선택 중 하나였다. 올라갈 필요 없이 안정 궤도를 그리며 사는 것으로 내 인생은 완성됐다고 생각했다. 평생 소소한 행복과 재미를 느끼며 살면 더 바랄 게 없었다. 그러나 그 평탄대로는 극소수를 위한 것임을 그때는 미처 몰랐다. 다음 단계는 내려가지 않기 위한 경쟁과 발악이었다.

최선이 아닌 유일함

'구독 서비스'는 편리하다. 구독자가 신경 쓰지 않아도 적정한 상품을 적시에 배송해주는 친절을 베푼다. 빅데이터를 근거로 행동 패턴과 라이프스타일을 분석하여 'TPO Time, Place, Occasion'에 맞게 알아서 재단한 상품을 수요자에게 제공한다는 이점이 있다.

반면 '알고리즘'에 의해 '계량화'되어 특정 '프레임'에 갇히는 일도 벌어진다. 첫 스타트를 끊은 작은 도형이 자기 복제를 반복한 끝에 '프랙털 fractal'을 이루고 그 '프랙털'이 마침내 '프레임'으로 천천히 굳어갈지 모르기 때문이다.

개인은 계량화될 수 없다. 사람은 같은 지점에서 만나고 멀어지며 같은 경험을 공유하는 한편, 별개의 독특한 경험을 가진다. 극소의 확률로 인생 모든 경험이 같을지언정 그걸 해석하고 엮는 방식도 서로 다르다.

사람은 지난 세월 축적된 수만 권의 장서들이 우연히 흩어져 있거나 또는 고유 질서에 따라 배치된 하나의 커다란 도서관이 아닐까 생각한다. 그런데 남의 것만 베끼려고만 할 뿐 정작 내 장서들을 들여다본 일은 없다. 무엇이 어떻게 흩어져 있는지 몰라 길을 잃은 지 오래다. 성공한 누군가의 노하우를 그대로 답습하고자 했지만, 그의 연금술이 나에게도 똑같이 발휘될 것이라고 보장할 수는 없다. 일부러 시간을 내 일일이 들여다보며 수고스럽게 정리해나가는 일은 마땅히 감내해야 할 나의 몫이다.

뛰어남이나 열등함도 모른 채 유일함을 추구한다면 얼마나 좋을까. 이 세상에 존재하는 프리즘 중 내부의 '선'과 '면'의 구성이 온전하게 일치하는 게 단 한 쌍도 없다면 어떨까. 하나의 빛줄기를 서로 다른 모습으로 펼쳐내는 모습은 정말 경이로울 것이다. 제각각 뿜어내는 찬연한 빛의 어우러짐을 볼 수만 있다면.

세기의 역작을 읽고도 감흥이 일지 않을 수 있다. 반면 한없이 가벼운 SNS 콘텐츠가 특별한 영감을 줄 수도 있다. 실마리를 어디서 어떻게 얻든 궁금해지면 답을 찾아보고, 갈림길을 만나면 새롭게 질문하면서 그에 대한 답을 발견해보려 한다. 그렇게 쭉쭉 가지를 치고 나가다 보면 밟은 길들 모두가 곧 나의 일부이자 전체가 되리라 믿는다. 내 곁에서 구경하는 이도 덩달아 즐거워지는 작은 세계가 만들어질지 모른다. 수만 명의 사람이 어울려 각자의 춤을 추는 그런 세계이다.

백 명의 아이가 광장에서 춤추는 모습을 떠올려본다. 첫 번째 아이가 빙그르르 돈다. 두 번째 아이는 풀쩍 뛴다. 아이는 아이 사이를 가로지른다. 아이들은 서로 헤어졌다 만난다. 아이는 서로를 특별하다 한다. 아이는 서로가 유일하다고 한다. 백 명의 아이는 각자 구하는 바가 다르다. 그들은 백 가지의 다른 길로 향한다.

CHAPTER — 07

이끌린 학생운동

과도기의 방황

어리둥절한 대학 새내기 시절

대학 시절, 어설프게나마 학생운동을 경험했다. 선천적으로 '반골' 기질을 타고난 탓에 초년시절부터 세상을 곱게 볼 줄 몰랐다. 까칠한 싹은 '중2병'으로 발현되었고, 20대에 이르러 '감상적인 염세주의'로 전환되었다. 낡고 부패한 정치를 개혁해 나라를 바꾸자는 기조를 외칠 때면, '온 세상을 구해내는 도덕 천재'가 된 듯했다.

그 카타르시스란 뭐라 표현할 수 없었다. 그래서일까, 당시 내 주위의 모든 것은 개선되거나 바로잡아야 할 대상이었다. 한발 더 나아가면 기어코 갈아 치우고 엎어버려야 할 구시대의 유물로 보였다. 지금 돌이켜 보면 오만방자하기 짝이 없는 '선민의식'이다. 개인의 경박한 패기를 풀어내는 배출구로 학생운동을 이용했던 셈이니 대의에 진심으로 몸 바쳤던 분들께 어찌 그 사죄를 다 전하랴.

대학 입학 즈음, 우리 학교의 학생운동은 특히 활발했다. 내가 속해 있던 '정치외교학과'는 특성상 그 분위기가 더 강했다. 신입생 오리엔테이션에서 선배들은 꼭 들어야 하는 수업으로 정치·사회사 관련 과목을 꼽아주었다. 그 수업만 신청해도 1학기 시간표가 꽉 찼다. 그 덕분에 전공부터 교양까지 새내기들의 시간표는 대동소이했다. 장점이라면 동기들과 빠른 속도로 가까워질 수 있었다는 점이었다. 같은 수업, 같은 강의실에서 만나 곳곳이 화기애애했다. 공강 시간에는 대여섯이 짝지어 친목을 다지다가 또 다른 무리를 타고 양 떼처럼 흩어졌다. 오전에는 벤치에 앉아 왁자지껄 떠들고 오후에는 풀밭에서 짜장면을 시켜 먹었다. 저녁 무렵이면 각종 환영회와 술자리에 참석하는 날들이 이어졌다. 모든 것이 새롭고 신나고 짜릿했다.

그러나 한편으로는 두려웠다. 날이면 날마다 '인생 최초'의 순간들과 마주해야 했다. 수강 신청은 언제 어디서 해야 하는지, 사물함은 또 어떻게 신청해야 하는지, 해결해야 할 일은 많은데 열이면 열 모두 생소한 것이었다. 그 시절의 광활한 캠퍼스는 왜 그리 무서웠는지 모르겠다. 스스로 일과를 꾸리는 '자유'와 그에 따르는 '책임'도 부담스러웠다. OT, MT, 동아리나 학회에서는 왜 그리도 내 존재를 내세우려 했는지 모르겠다. 나 혼자만 다른 선택을 하면 대학 생활을 제대로 이어 갈 수 없을 것 같았다. '초짜'의 열외는 곧 죽음과 맞먹는 공포로 다가오니까.

경험자가 정해준 길을 따라가면 안전이 보장된다는 단정은 누가 심어주었는가. 모두 나아가는 방향으로 나도 함께 향하거나 그들과 손을 잡아야 비로소 안전의 욕구가 채워졌다. 그렇기에 '선배님 말씀'은 더욱더 절대적이었다. 선배 앞에서 우리는 순한 어린 양이 되었다. 그들이 주최하는 '수업 외 활동'에는 내 안의 '성실'과 '적극'을 끌어모아 참여했다. 대부분은 학생운동과 관련된 것이었다. 그렇게 우리 1학년 모두는 자의 반 타의 반으로 '운동권'에 발을 들이게 되었다.

이끌린 학생운동에 휩쓸리다

부지불식간에 나는 정치사상 도서를 논평하는 '학회'의 멤버가 되었다. 군데군데 둘러앉아 '조중동'과 '미제국주의'를 비판했다. 일주일에 한 번 대규모 강의실에 모여, 노동운동이나 민주화 시위의 생생한 현장을 담은 다큐멘터리를 시청했다. 폭력 위주의 자극적인 장면에서 한쪽은 맞기만 하고 다른 한쪽은 때리기만 하는 것이 못내 슬펐다. 예외 없이 가두집회에도 나갔다. 그 와중에 동기들은 입건되거나 수배되었다. 소비 가능한 범위도 소폭 축소되었다. '코카콜라'는 '미제의 똥물'이라 못 마셨고, 담배 '말보로'는 입에도 못 올릴 '볼드모트Voldemort'가 되었다. 선배들은 'NLNational Liberation(민족 해방)'이니 'PDPeople's Democratic(민중 민주)'니 하는 두 개의 파벌로 나뉘어 사사건건 대립했다.

어느 날, 내가 속한 파벌의 선배들이 '북한 친구들에게 편지 쓰기' 행사를 진행했다. 한창 편지를 쓰고 있을 때 다른 파벌의 선배들이 들이닥쳤다.

"이거 뭐 하는 짓거리야! 다 나가!"

위협으로 끝나지 않았다. 강의실 집기까지 마구 내던지며 공포 분위기를 조성했다. 우리는 언감생심 대들거나 막아서지도 못했다. 그저 사각사각 북한 친구들에게 다정한 말들을 써가던 연필 쥔 손을 허공에 둔 채 멍청히 두 눈만 껌뻑거렸다.

파벌 갈등이 심화될수록 내부 결속력이 더욱 공고해진다는 사실을 이때 깨달았다. 선배들은 더욱 고삐를 틀어쥐었다. '노래패'와 '율동패'의 우렁찬 기합 소리는 5월의 창공을 향해 한없이 치솟았다. 민중가요에 맞춰 팔을 크게 내지르는 어떤 동기는 어느 종교단체의 맹신도처럼 보였고, 목소리를 드높이는 어떤 동기는 순교자처럼 행동했다. 조직과 이념을 위해 투쟁해야 하는 빡빡한 일정으로 몸이 더욱 바빠졌다. 생각할 틈이 없었다. 아니 주어지지 않았다.

그렇게 한 달이 지났을까. 그간 잠잠하던 나의 '반골' 기질이 다시 고개를 들었다. 선배들의 말은 '이것은 옳다. 무조건 이것이 옳기 때문이다'라는 식이었다. 이것은 비판을 수용하지 않는 '교조주의'나 마찬가지였다. 내 안에서 점차 생리적인 거부가 꿈틀댔다. 집단적이고 맹목적인 신념은 '합리적 대의'가 아닌 '광기'로 보였다. 더는 참아줄 수 없었다. 마냥 두고 볼 수도 없었다.

광주민주화운동이나 민중 노동자들의 항거를 깎아내리고 싶은 마음은 티끌만큼도 없다. 불공정한 사회 시스템에 항의하고, 도처에 만연한 부패를 척결해나가야 한다는 주장 역시 맞다. 다만 스스로 판단할 기회를 앗아 가는 '주입식 사상교육'은 문제가 있었다. 신파 감정에 호소하는 비장한 노래와 각 잡힌 율동은 선동적이었으니까.

그즈음 선배들은 단 한마디의 비판이나 쓴소리, 다른 의견에 무척 민감하게 반응했다. 선배들은 목 터지게 파시즘 타도를 외쳤다. 하지만 그들이 행동하고 추진하는 일들은 파시즘과 다를 게 없어 보였다. 그들에겐 나조차도 교화시켜야 할 반동분자였다.

낡고 부패한 정치를 개혁해 나라를 바꾸자 는 기조를 외칠 때면,
'온 세상을 구해내는 도덕 천재'가 된 듯했다

몸 밖으로 터져 나올 뻔한 울분을 간신히 억눌렀다. 솔직히 말해 선배들에게서 등을 돌릴 만한 배짱이 내게는 없었다. 불합리하다고 생각했지만 살아남으려면 내 신념이나 정체성을 철저히 숨겨야 했다. 대면 자리에서 선배를 비판했던 동기는 따돌림을 당했고 끝내 캠퍼스를 떠나야 했다. 다른 몇몇은 반대쪽 파벌의 선배들과 친해졌다. 여러 그룹으로 쪼개진 동기들은 선배의 눈치를 보느라 말을 섞지 못했다. 각자 서로 소원해지다 못해 인사도 나누지 않게 되었고 끝내는 눈 마주치는 것조차 껄끄럽게 되었다. 나는 그들의 틈바구니에 낀 채 끙끙 앓다가 비가 몹시 내리던 날을 끝으로 학교를 떠났다.

반년을 재수한 끝에 이듬해 다른 학교로 입학했다. 혹시 같은 일이 반복될까 두려워 신입생과 관련된 어떤 모임도 거부하는 '아웃사이더'가 되었다. 꼬리를 말고 도망치는 '서당개' 꼴이었다. 이런 내가 알량한 지식과 정보로 뭇사람을 구원해보겠다며 의기양양하게 외쳤다는 게 믿어지지 않았다. 세상 가장 무서운 인간이 '책을 한 권만 읽은 사람'이라는 말도 있지 않은가. 바로 그게 나였다.

돌이켜보니 우렁우렁 호령하던 그 멋진 선배들 역시 기껏해야 스무 살 초반에 불과했다. 물론 개중에는 진지하게 임했던 이도 있었을 것이다. 그러나 그 나이에 타인에게 자신 있게 주입할 만한 사상을 경험하고 완성한 사람이 과연 몇이나 있었을지 의문이다. 시대의 물결을 거부한 신념은 고인 물이 되었고, 흐리고 탁해져 물의 깊이를 가늠할 수조차 없게 되어버렸다.

아니나 다를까, 새로운 세대는 자신들이 겪어온 일과 동떨어져 보이는 구호에 공감하지 못했다. 그리고 내가 새로운 학교를 졸업할 즈음 학생운동은 거의 자취를 감추었다.

썰물과 밀물의 차이를 보는 법

학생운동이 시대의 흐름을 타지 못했다는 비판적인 의견이 있다. 시대는 변했지만 '학생은 혁명의 기수'라는 관념은 변하지 않았다. 80년대부터 사용하던 '정권 타도' 프레임도 굳건했다. 그러기에 군사정권을 체험하지 못한 세대는 철옹성 같은 구호를 몸으로 받아들이지 못했다.

선배들은 '상명하달'식 강령으로 일관했다. 자신들의 이념이나 가치가 온전히 전수되기를 바랐을 것이다. 이전 선배들이 해왔던 방식이었다. 간간이 터져 나오던 건설적인 비판은 '소수의견'으로 폄하되어 묻히곤 했다. 선배들과 다른 시대에 태어나 다른 사회적

‘내 안 깊은 곳의 생각과 마음은 결코 아름다운 것이 아니다.
저 사람과 가까워지고 싶지만 점점 더 가까워져
나의 진짜 모습을 알게 된다면,
그래도 저 사람은 내 곁에 남아 있을 것인가?’

환경에서 자란 세대가 받아들이기에는 버거울 수밖에 없다. 그 강요는 넘지 못할 선이 되고 벽이 되어 상호 신뢰를 단절시켰다. 공감이 무너지고 연대가 흩어진 이유이다. 선배들의 기치에 동의하지 못했던 것은 비단 나뿐만이 아니었을 것이다. 소외될 것이 두려워 목소리를 내지 못했던 동기도 다수이지 않았을까. 선배와 동기, 동기와 동기 사이에 형성된 끈끈한 유대감을 감히 깨뜨릴 용기가 없는 자들 말이다.

민주주의를 일궈낸 '운동권'을 깎아내리고 싶진 않다. 기존 흐름의 끝자락에 선 채 새로운 흐름의 도래를 지켜본 '과도기 세대'의 고민을 보여주고 싶을 뿐이다. 이제 '반미', '파업', '정치투쟁'이라는 주제는 학생운동의 영역 밖으로 밀려났다. 학생들은 좀 더 현실적으로 고민하기 시작했다. '등록금', '학교 현안', '학생복지', '학생권리' 그리고 '사회 규범'과 '정치적 올바름'에 이르기까지, 당대의 현실을 반영한 이슈들이 학생운동을 대체하기 시작했다.

우리는 썰물이 나가고 밀물이 들어오는 갯벌 한가운데에 선 채 어찌할 바를 몰랐던 거다. 질척이는 발아래에서 물은 죽기도 하고 또 태어나기도 했다. 그곳은 강과 바다 모두를 품고 있는 갯벌이었다.

미생에서 벗어나면 완생인가

단어 '미생'은 바둑 용어로 '아직 살아 있지 않은 상태이자 완전히 살아날 여지를 남겨둔 상태'를 뜻한다. 당시의 나는 '미생'이었다. 신념을 앵무새처럼 따라 읊었지만 그 신념을 충분히 검토하고 비판, 수용할 능력을 갖추었던 '미생' 말이다.

뙤약볕이 내리쬐던 그해 여름, 천막을 치고 한 달 내내 단식 농성을 이어가던 선배가 떠오른다. 이따금 소금만 살짝 핥던 마르고 여윈 얼굴로 나를 보고 환하게 웃었다. 그 미소가 맑은 하늘처럼 눈부셨다. 자기 소신을 유지한 채 뚜벅뚜벅 자신만의 행보를 충실히 이어가고 있다는 것을 마지막으로 그 선배의 소식을 들을 수 없었다. 그 선배는 '완생'이 되었을까?

눈을 감고 그날의 선배 옆에 나란히 앉아본다. 그리고 당시에는 차마 뱉지 못했던 말을 조심스럽게 고백한다.

"선배, 내게 화내지 마세요. 정 맞기 싫어 둥근 척했지만 사실 저 모난 돌이었어요. 생김새가 조금 달랐을 뿐 못난 돌은 아니었던 것 같아요. 선배는 이해해주실 거죠?"

CHAPTER — 08

어른 아이 성장기

내면 아이에게 말 걸기

백수 삼촌의 빈둥거림과 그 끝 이야기

열 살이던 해, 나는 외할머니 집에서 얹혀 지냈다. 아버지가 만성신부전증으로 장기 입원해 어머니가 온종일 병간호를 해야 했기 때문이다. 외갓집에는 나 말고도 군식구가 한 명 더 있었다. 당시 '백수'였던 외삼촌이다. 외삼촌은 염치없이 방 한 칸을 독차지하고 온종일 틀어박혀 있었다. 화장실 갈 때가 아니면 낮에 나오는 법이 없었다. 용변을 본 뒤에는 끼니를 때울 것을 대충 챙겨 다시 틀어박혔다. 외삼촌이 방문을 굳게 잠그면 언제 또 나올지 알 수 없었다.

외삼촌은 평균 사흘에 한 번꼴로 분탕질을 쳤다. 그래서 밤에 외할머니와 나란히 누워 잠들 땐 항상 불안했다. 불을 끈 뒤 이불을 파고들며 '오늘은 무사히 넘어가게 해주세요'라고 기도했다. 신이 내 기도를 들어준대도 아주 방심할 수는 없었다. 월간 소년 잡지에서 '유비무환'이라는 단어도 막 배운 참이었다. 미리 마음의 준비라도 해두면 최소한 놀라는 정도라도 덜어질 것이다. 그래서 이불을 꽉 쥐었다. 그러니까 이불은 내 방패였다. 한편으론 '그래, 외삼촌도 사람이니까. 외할머니의 아들이니까'라며 겁에 질린 나를 다독였다. 꿈과 현실의 경계를 오가며 선잠이 들었나 싶던 순간 '쾅!' 하는 소리와 함께 방문이 열렸다. 나는 화들짝 놀라 치를 떨며 되뇌었다. 유비무환. 내가 방비할 어떤 대책이나 방법이 없었는데도 말이다.

외삼촌의 난동 횟수가 누적될수록 무뎌지기는커녕 곱절로 무서워졌던 건 왜였을까? 외삼촌의 험악한 목소리가 온 집안을 쩌렁쩌렁 울렸다.

"돈 내놔라!"

"돈 없다, 이 망할 놈의 새끼야. 니 방구석에 처박힌 저년은 누꼬? 오줌도 안 싸나 쳐나오지도 않고? 니 아까 갖고 간 게 저년 오줌 바가지가? 쌍으로 지랄을 하네."

"여자 없다고 안 했나? 뭐 해준 게 있다고 지랄! 큰형이 내 주라고 숨겨놓은 돈 있는 거 다 안다!"

외할머니와 외삼촌의 드잡이는 정점을 향해 달려가고 있었다.

욕설과 고함, 울음 섞인 애원이 이어졌다. 몇 시간이나 이렇게 계속되자 그저 무력한 한숨만 나왔다. 미리 잠들지 못한 내 잘못이었다. 깨어 있다는 것을 들키지 않아야 했다. 두 번의 날숨 중 한 번은 참아가며, 10초마다 한 번씩 이불을 말아 쥐었다. 이불로 온몸을 덮고 귀를 꼭 막으면 고막이 따가울 정도는 아니었다.

'돈 달라, 안 된다' 그 정도의 요지밖에 이해할 수 없었다. 그때 '쿵!' 하고 누군가 넘어지는 소리가 들렸다. 결국엔 몸싸움이 벌어졌다. 외삼촌은 외할머니의 몸을 밀치고, 외할머니는 외삼촌 다리를 붙잡고 기를 쓰는 듯했다. 나는 이불 밖 상황을 상상했다. 자개장롱은 문마다 활짝 열려 있을 것이고, 칠기서랍장은 있는 대로 뒤집혔을 것이다. 좁쌀베개, 솜이불, 반짇고리, 동전함, 자질구레한 종이들이 뒹구는 공간. 날이면 날마다 그렇듯 뻔한 물건들이 제멋대로 나뒹굴고 있을 것이다.

"아이고, 아이고, 내가 왜 저놈의 새끼를 낳아서."

외할머니가 기어이 돈 몇 푼을 내던지며 이렇게 한탄 섞인 울분을 내뱉어야 마무리된다.

하지만 그날은 평소와 조금 달랐다. 한겨울 웃풍 같은 외삼촌의 시선이 느닷없이 내 쪽에 꽂혔다. 날선 고드름이 닿은 듯했다. 목덜미에 오스스 소름이 돋았다.

"저 쌍년, 저 싹퉁머리 없는 년이 오늘 내 나오니까 질색하면서 지 밥 챙겨 테레비 앞으로 뛰어가더라. 싸가지 없는 년. 싸대기나 흠씬 올려붙이려다 큰형이 난리 날까 얼마나 참은 줄 아나, 어유, 저 콱 쥐어박을 년!"

날아온 비수는 두꺼운 솜이불을 찢고 심장에 꽂혔다. 그 순간 나는 사람이 아니었다. 얼어붙은 동상이었다. 생각은 멈췄고 치밀어 오른 화는 굳어버렸다. 아, 아까 그거. 저녁 밥상을 차려 번쩍 드는 순간, 외삼촌이 길고 긴 낮잠에서 깨 방문을 열고 나왔다. 그때 뒤통수를 긁으며 하품하는 외삼촌에게 눈길을 주지 않았다. 아니, 보고 싶지 않았다는 것이 더 정확하다. 나는 무거운 밥상을 들쳐 안은 채 뒤뚱뒤뚱 TV 앞으로 향했다. 마침 푹 빠져 있던 판타지 드라마가 막 시작되는 순간이기도 했다. 여차하면 초반부를 놓칠까 맘이 급했다. 그렇게 종종대는 내 뒷모습이 외삼촌 눈에는 영 아니꼬웠던 모양이다.

아닌데, 그게 아니었는데. 두 눈이 팽 돌 만큼 뺨을 맞고 또 맞는 기분이었다. 잊고 싶을수록 생각나고 또 생각났다. 뺨이야 시뻘겋게 터지면 그만이다. 그러나 터진 마음은 두 볼이 아물고 남을 시간보다 더 오래 아팠다. 그까짓 일로 두고두고 분한 건 아픔 탓이 아니다. 한마디도 대들지 못한 내가 몸서리치게 싫었다.

맞는 것쯤이라면 외삼촌이 아니어도 수없이 맞아 봤다. 난데없이 뺨을 맞아 보기도 하고, 가릴 곳 없이 짐승처럼 두들겨 맞기도 하고 차라리 죽어버리라며 목을 졸려보기도 했다. 그 시절엔 아동폭력에 대해 사회적으로 다소 둔감하기도 했지만, 시대 탓이 아니라도 나는 그랬다. 수시로 누군가의 화풀이 대상이 되는 나였다. 그런데 하필 그날 밤, 두꺼운 이불 위로 떨어진 그 '말'이 왜 아직도 이렇게 아픈지 모르겠다. 그 아림이 떠오를 때마다 나는 운다.

내가 퍼부었어야 했던 거친 말들이 떠올라 곱씹으며 되새긴다. 머릿속에서 상황을 되돌리며 어떻게 맞받아쳤어야 좋았을지 상상한다. 막상 그때로 되돌아간다면 그날 밤과 똑같이 마비되어버릴 것이다. 속수무책으로 이불을 뒤집어쓰고 있는 것 외에 아무것도 할 수 없을지라도.

그날 밤 이후로도 달라진 것은 없었다. 외삼촌은 여전히 필요한 때가 아니면 내게 말을 걸지 않았다. 술에 잔뜩 취한 채 주사를 부리는 때가 종종 있기는 했다. 그때마다 외삼촌은 '부모님께 잘해'라는 말을 수십 번 아니 골백번은 했다.

3년 후, 나는 부모님 집으로 옮겨 왔다. 외삼촌의 전화를 받을

그런 애정도 있다. 어쩌다 우연히 쓰임새를 갖게 되어 두루 쓰이며 어느 정도 우리를 보호해주는 것들이다. 투명해서 보이지 않지만, 찐득하기는 또 어떤 연고보다 찐득한 바셀린처럼 말이다.

때면 엄마는 안방에 들어가 굳게 문을 잠갔다. 닫힌 방문이 무색하게, 날카로운 고성과 상스러운 욕설이 들려왔다. 이후로도 드물게 외삼촌 소식을 들었지만 바뀐 것은 없었다. 여러 친척에게 전화해 돈을 빌려달라며 번번이 실랑이했다. 몇 해 전부터는 그 연락마저도 뚝 끊기고 말았다.

한 장면과 한 인생의 맞물림 사이

외삼촌이 한자 숙제를 거들어준 적이 있었다. 한자를 멋있게 쓰는 방법을 알려준다며 획의 머리 부분을 살짝 꺾어 썼다. 나는 외삼촌의 필체를 곧잘 따라 썼고, 모양새가 흡사해지자 외삼촌은 '그래, 그치'라며 아주 좋아했다. 그는 뿌듯함에 한껏 부푼 웃음을 지었다. 이후 나는 외삼촌의 한자 쓰는 방식을 그대로 따라 했다. 덕분에 한자 필체가 예쁘다는 소리를 제법 들었다.

그때 그 자리에서 한 자씩 성심껏 써 내려가던 외삼촌의 뒷모습은 내 마음에 남은 한 컷이다. 베개에 눌린 뒤통수가 우스워 쿡 웃었던 것 같다. 그때의 공기, 소리, 냄새, 온도가 가끔 재생될 때가 있다. 불과 1~2분도 안 될 영상인데 그 앞뒤로 이어진 외삼촌 인생의 다른 면면까지 헤아려보게 된다. 한 장면의 훈훈함이 나쁜 기억을 지우고 한편의 휴먼 드라마가 되는 것일까. '외삼촌도 외로운 사람이었구나'라는 느낌으로 이해하게 된다. 그래서 아주 가끔 외삼촌을 마주하고 앉아 찬찬히 바라보며 주름에 담긴 삶을 들여다보고 싶다는 마음이다. 그리 평면적이지 않을 그 굴곡을.

외할머니를 이해해야 하지만

외삼촌은 3남 6녀 중 막내아들이다. 외할머니는 최소 아들 셋은 두어야 한다며, 딸만 여섯 내리 낳은 끝에 비로소 아들 하나를 더 얻었다. 그런데 어찌나 오냐오냐 키웠는지 이모들은 외삼촌이 '망나니'가 된 것은 외할머니 탓이라며 수군댔다. 아들과 딸에 대한 외할머니의 애정 차이는 극명했다.

외손녀인 나조차도 외할머니의 관심을 받아본 일이 거의 없다. 사랑을 차지했던 순간도, 따뜻했던 추억도 남아 있지 않고 애정 어린 조언도 기억나지 않는다. 고분고분 말을 잘 들으면 예뻐해줄지도 모른다는 생각에 외할머니가 정한 규칙은 꼭 지켰다. 소변을 볼 때는 휴지 두 칸, 대변을 볼 때는 세 칸만 쓰기. 문갑은 병이 나기 쉬우니까 한 칸 이상 열지 말기. 뭐 그런저런 사소한 규칙들조차 단 한 번도 어긴 적이 없었다.

외할머니는 담배를 많이 태우는 친구와 자주 화투를 치곤 했다. 점수를 딸 때마다 껄껄대며 방이 떠나가라 웃었는데 나는 외할머니가 웃는 것이 좋았다. 나도 외할머니를 따라 함께 깔깔대며 웃었다. '언젠가 내게도 저렇게 웃어주겠지'라고 기대하면서. 그러나 외할머니 친구가 폐병으로 돌아가신 뒤에는 그 호탕한 웃음소리를 다시 들을 수 없었다.

외할머니는 웃음 대신 작은 걱정을 내게 쏟아주었다. 나는 어릴 때 피부가 많이 건조하고 아토피도 심해서 외할머니는 수시로 바셀린을 발라주었다. '바셀린'만 한 게 없다는 것이 외할머니의 지론이었다. 직접 발라주지 못할 때는 '바셀린 발라'라고 말을 툭 던졌다. 그러면 나는 살짝 열린 문갑 사이로 작은 내 손을 조심조심 비집었다.

초등학교 졸업을 며칠 앞두고 외할머니가 돌아가셨다. 대장암이었다. 어찌 된 일인지 눈물 한 방울 나오지 않았다. 온갖 슬픈 생각을 떠올려도 눈물샘은 도통 눈물을 만들어내지 못했다. 나는 아주 몹쓸 아이가 된 것 같았다.

'외갓집 오빠들은 저렇게 슬퍼하는데 몇 년 같이 산 나는 왜 슬프지 않을까?'

민망함에 고개를 푹 꺾고 손가락만 꼼지락거렸다. '인정머리 없는 년', '매정한 년'이라는 욕을 들을까 걱정이 되었다. 사실 그 후로도 외할머니가 그리웠던 적은 단 한 번도 없었다. 외할머니를 떠올릴 때마다 무정하고 차가운 마음이 되어버린다. 가끔 이런 내게 질리지만 죄스러움은 갖지 않는다. 어린 시절 호의를 받아보지 못한 기억에 대한 보상이다. 외할머니의 죽음을 애도하지 않는 것으로 내 안의 나를 위로하는 것이다. 그런데도 나는 아직 내 어린 시절이 슬프다.

사랑한다, 사랑하지 않는다

외할머니는 겨우 바셀린을 발라줄 정도의 마음만 열어주었다. 바셀린 한 통은 오롯이 내 몸뚱이에 발라졌다. 아낌없이. 바셀린은 여린 살갗의 만능 방어막이 되어주었다. 만취한 외삼촌이 소란을 피우는 와중에 주먹이나 발길이 내게 닿지 않은 것은 외할머니가 온몸으로 막아주었기 때문이다.

그런 애정도 있다. 어쩌다 우연히 쓰임새를 갖게 되어 두루 쓰이며 어느 정도 우리를 보호해주는 것들이다. 투명해서 보이지 않지만, 찐득하기는 또 어떤 연고보다 찐득한 바셀린처럼 말이다.

외할머니 바라기를 했던 그때로 돌아가 상상하며 묻는다.

"할머니, 제가 손자가 아니라 손녀라도, 친손녀가 아닌 외손녀라도 예뻐하시는 거죠?"

"요, 예쁜 년아. 너는 얼마나 귀중한 내 손녀인데."

이렇게 대답해주는 외할머니의 다정함을 상상해본다. 아쉬움에 담긴 미련일까? 애정의 목마름일까? 아니면 마른 눈물의 간절함일까? 그때 그 자리에서 하지 못한 말을 떠올리며 그 소용없음에 고개를 가로젓는다. 외할머니의 애정을 구하는 유효 기간은 이미 끝났으니까.

어른 아이, 아이 어른이 되고 싶지 않았다

"과거의 당신을 만난다면 무엇을 하고 싶나요?"

단편 영화 속 등장인물이 묻는다.

"나는 그 아이를 안아주고 싶어요."

어린 시절의 상처로 괴로워하는 남녀가 주고받는 대화에 감정이 휘몰아친다.

공감이 어렵다. 그때의 나를 나는 따뜻하게 안을 수 있을까. 품에 꼭 안아주기에 어린 나는 너무 볼품이 없다. 못났고 붙임성조차 없으며 무표정한 얼굴에 경계심으로 늘 긴장한 모습이다. 자신을 바라봐주길 바라지만 주변인들의 언저리에서 눈치만 보던 아이. 나는 그 아이(나)에게 시시한 미소조차 보이지 못할 것 같다. 민달팽이를 움켜쥐는 듯한 기분이 들 것 같아 여태 안아주기를 거부하고 있다. '혐오'에 가까운 미움을 내가 나를 향해 쏘아대는 것이다. 내가 더 아프고 괴로워야 그날들을 용서하지 않을 수 있으니까.

혐오를 너무 일찍 터득해버렸다. 서로가 서로에게 진절머리내는 어른의 틈에서 나 자신은 물론이고 타인을 사랑할 줄 몰랐다. 내 감정을 두 글자로 압축한 그 단어를 처음 알았을 때 소름이 돋았다. 그 안에 내가 온전히 들어 있었기 때문이다.

그래, 이제 와서 내 불행을 누구에게 전가한들 무엇이 바뀌랴. 과거를 핑계 삼은 위로가 뭐가 유익하겠는가. 악순환에서 벗어나 다음 단계로 나아가는 것은 오롯이 내 몫으로 남았을 뿐이다. 지금 서 있는 모습이 그 아픔을 감내한 결과이고, 누구도 모르는 그 아픔을 내가 다독여줘야 하는 시간인데.

나는 나였기에 힘들었지만, 당신 역시 당신이었기에 힘들었을 거라고.

내가 나라서 힘들다면,
너는 너라서 힘들 것임을.

CHAPTER — 09

일기 예보

미래를 점쳐 보다

점집 탐방에서 배운 것

인생에도 일기 예보 같은 것이 있으면 얼마나 좋을까.

둘 중 하나 또는 여러 개 중 하나를 선택했을 때 그에 따르는 책임을 생각해본다. 그 무게와 긴장은 얼마나 큰지, 후회는 얼마나 하게 될지, 이 상황 저 상황 이해득실을 따져봐도 우열을 나누지 못할 때가 있다. 결정에 대한 확신이 없을 때 또는 나 자신이 못 미더울 때 점집을 찾는다. 최첨단 시대를 살지만 과학적이고 이성적인 사고가 의미 없어지는 순간이 있으니까.

그곳 '선생'들의 '스토리텔링'을 듣다 보면 그제야 비로소 내 인생의 주인공이 된 듯하다. 종국에 영광스러운 승리를 거머쥐는 건 바로 나라고 이야기해주기 때문이다. 타인이 나의 과거를 하나둘 알아채는 것도 희한하다. 현재와 미래로 이어지는 그럴싸하고 자연스러운 이야기도 흥미롭다. 결정을 못 해 힘든 문제에서 한쪽을 콕 집어 선택해주니 안심이 된다. 그 선택이 가져올 밝고 맑은 미래를 듣는 일은 얼마나 달콤한가.

'선택의 당위성'을 만들고 싶은 마음으로 30%의 복채를 내고, 그 선택으로 일어날 책임을 위임하는 값으로 기꺼이 30%의 복채를 낸다. 그리고 이성과 논리로 설득되지 않는 괴로움을 초월적 힘을 빌려 위로받고 싶은 마음으로 나머지 40% 이상의 복채를 낸다.

누구에게도 털어놓기 어려운 서러움을 다 털어내고 싶었다. '너는 무조건 다 잘될 거니까 걱정하지마'라는 말이 듣고 싶었다. 사주나 신점을 보아주는 '선생'들은 나의 '답정너' 심보를 꿰뚫어보고 감미로운 말들로 나를 다독여준다. 조심해야 할 점들을 조목조목 짚어주고 미리 화를 피할 방법도 일러준다.

모든 것이 다 잘 풀릴 것 같은 들뜬 희망을 품을 수 있었다. 머지않아 다가올 나의 해 뜰 날을 상상하며 '아, 개운해!'라고 외치는 쾌감에 중독되었다. 그로 인해 인생의 갈림길에 섰을 때마다 찾은 곳만 수십여 군데에 달했다. 역술가와 무당, 타로 전문가 등 전국에서 용하다는 곳은 모두 기웃거렸다. 주로 찾은 곳은 명리학으로 풀어주는 철학관이었다. 기본적인 기질과 성향, 주변의 환경과 그로 인해 형성된 현재의 모습을 아주 기가 막히게 잘 맞혔다. 백이면 백 줄줄이 읊는 내용은 대동소이하면서도 정확했다.

분명 '바넘 효과Barnum effect'는 아니었다. 누구에게나 적용 가능한 보편적 특성들을 모호하게 표현해서 '와, 내 얘기잖아! 저 점쟁이 정말 족집게네'라고 감탄하게 만드는 효과였던 것은 아니었다는 말이다. 나도 의심 많은 사람인지라 슬쩍 지인들의 사주를 넣어보기도 했다. 그런데 오직 그 사람에게만 해당하는 특성을 아주 정확하게 짚어냈다.

그러나 미래에 대한 예측은 모두 달랐다. 지나고 보니 천태만상이었다.

2017년 마지막 밤, 제야의 종소리를 들으며 나는 엉엉 울었다. 홍대 앞 역술가가 2018년에 아버지를 잃게 된다고 장담했기 때문이다. 그래서 그해에는 하루도 맘 졸이지 않은 적이 없다. 수시로 아버지께 전화를 걸어 안부를 물었다. 대화 말미에는 불, 물, 자동차, 사람 등 모든 것을 조심하라고 늘 신신당부했다. 거의 편집증

수준이었다. 아버지가 미리 조심했기 때문인지 아니면 그 역술가가 엉터리였는지 몰라도 아버지는 지금도 여전히 건재하시다.

2019년에도 전국의 유명하다는 무당을 두루 찾아다녔다. 회사생활이 너무 힘들어 찾아간 용인의 한 신당에서는 회사가 곧 외국의 유수 기업에 합병될 것이라며 이직을 말렸다. 그러나 기대하던 합병은커녕 경영 악화로 회사는 사모펀드에 매각되고 말았다. 인천의 한 도령은 사내에서 이성과의 스캔들이 크게 터진다고 경고했다. 하지만 조심해야 할 만큼 가까이 접근해오는 이성이 없어 딱히 설렐 것도 없는 나날을 보냈다.

외국 기업 합병은커녕 사모펀드에 매각되었다는 사실을 알리자 용인의 점쟁이는 정성 부족을 탓하며 오히려 신당의 초를 사서 기도를 올릴 것을 권유했다. 인천 도령에게 찾아가 스캔들은커녕 이성의 그림자도 못 밟았다고 항의하자 오히려 망신살 뻗지 않게 미리 조심한 것에 감사하라고 했다.

강수 확률 50%를 얼마나 신뢰하는가

한때 재직했던 회사에 정식으로 역학을 공부하는 분이 있었다. 그의 자리는 마치 작은 철학관처럼 역학 관련 책들이 수십 권이나 쌓여 있었다. 타로카드, 펜듈럼, 수맥을 짚어내는 L로드까지 운수를 점쳐내는 도구가 즐비했다. 그는 신입 직원의 입사가 정해지면 사주를 넣어 각 팀원과의 궁합이 어떻다고 귀띔해주었고, 신년이면 팀원들 운세를 통합해 점친 뒤 팀 전체의 흥망성쇠를 예고하기도 했다.

"과장님, '간편 구매 앱' 프로젝트가 홀딩됐어요. 이거 영 쎄한데…. 다음 달 오픈은 가능할까요?"

"2시 노트북. 회의실. 고고."

고민을 의뢰하면 '회의하는 척' 각자의 노트북을 들고 슬쩍 회의실로 들어가 커피 한잔의 복채로 타로점을 보기도 했다.

맞고 틀리고의 여부를 떠나 역학에 조예가 깊다는 점에서 그의 명성은 꽤 자자했다. 본인 역시 자신의 예측을 확신했고, 주위에서도 그의 전문성을 인정하고 의존하는 분위기가 형성되었다. 누구의 점괘를 뽑아 보니 와이프에게 눌려 살겠다더라, 또 누구의 프로젝트는 성공할 것이라더라 등 그의 '예언'은 지루하고 따분한 사무실의 일상에서 더없이 흥미진진한 가십거리 역할을 했다. 한편 그의 예측이 마치 사실처럼 회자되어 직원들의 입방아에 오르내리기도 했다.

주식 투자 열풍이 불면서 주식의 '주'자도 모르는 사람까지 주식

인생에도 일기 예보 같은 것이 있으면
얼마나 좋을까.

시장에 뛰어든 때가 있었다. 그즈음 미국 대선을 앞두고 있었는데 그의 작은 '철학관' 주위는 부쩍 붐비기 시작했다. 트럼프와 바이든 중 최후 승자가 누구냐에 따라 미리 투자해둬야 할 주식 종목도 달라졌기 때문이다. 그는 100% '트럼프'가 당선될 거라고 공공연히 장담했다. 그리고 자신도 트럼프 관련 테마주에 거액을 투자했다.

"100% 트럼프야. 앞으로 10년 대운이 기가 막혀. 기름 빵빵하게 충전한 차가 하이패스 달고 고속도로 탄 격이야. 내가 모시고 계신 선생님의 말씀도 그래. 그분 말씀은 틀린 적이 없어."

"그래서, 얼마 투자하셨어요?

"5천."

'트럼프 당선설'이 사내에 퍼졌다. 직원들 역시 그분의 자신만만함에 압도되어 너도나도 트럼프 관련주를 사들였다. 개표가 진행되던 기간은 사내가 '팝콘각'이었다. 그런데 초반에 트럼프 쪽으로 기우나 싶더니 이내 바이든 후보가 바짝 추격했다. 두 후보의 득표율은 앞서거니 뒤서거니 하며 손에 땀을 쥐는 형국이었다. 며칠이 지나 바이든의 승리가 확실시되었다. 직원들은 '트럼프 주'를 팔고 '바이든 주'를 사들여야 하는 것 아니냐며 부화뇌동했다.

"반은 손절했다. 혹시 모르잖냐. 그래도 올해 트럼프 기세는 꺾을 수가 없어. 글자가 그래."

하지만 그는 '트럼프 주'를 슬슬 처분하기 시작했다. 바이든의 승리가 공식화되어도 트럼프가 불복할 것이며 끝에는 승리할 것이라 기대를 걸었다. 그러면서 자신이 가지고 있던 트럼프 관련주는 모두 매도했다.

"과장님, 얼마나 남았어요? 트럼프주요."

"나? 벌써 다 팔았지. 누가 되고 말고를 떠나서 이게 타이밍 싸움이라. 전부 다 계산해보니까 그나마 익절이더라, 익절."

"아니, 과장님, 선장이 혼자 배를 버리시면 어떻게 합니까? 타이밍을 알려주셨어야죠."

사실 그의 말을 철석같이 믿은 나도 트럼프 관련주를 매수하고 매도하는 과정에서 돈푼깨나 잃었다.

운명 대 자유의지가 싸운다면

'야매'로 역학에 파고든 적이 있다. 태어난 날의 '사주팔자'를 보면 성격적인 특성을 얼추 짐작할 수 있다고 믿었다. 이것은 사주를 '통계학' 계열이라고 인정할 경우이다. 미신으로 보는 사람에게는 단순한 '바넘 효과'에 불과하다.

역학에서는 태어난 날과 시에 따라 자신만의 고유한 주기와 리들을 타고나는 것으로 본다. 사람은 해마다 상승과 하강의 기운을 타게 되는데 그게 독이 될지 득이 될지는 역술인의 해석에 따라 달라진다. 자신의 기운과 상반되는 기운을 맞은 해에 어떤 극적인 변화가 있음을 유추할 수 있겠으나 그 변화가 사고 수인지 아니면 이사나 이직인지 혹은 로또 당첨이 될지는 사실 구체화하기가 어렵다. 어떻게 해석하고 판단하느냐에 따라 역술가 각각의 예언도 달라지는 것이다.

일부 역학자는 개인의 선택 역시 변수로 작용할 수 있다고 본다. 칼을 쥔 운명으로 태어난 사람은 인명을 살리는 외과 의사가 될 수도 있지만, 사람을 죽이는 범죄자가 될 수도 있다는 것이다. 이쪽 업계에서도 이견은 분분하다.

"너는 선택을 하게 될 거야."

영화 <매트릭스>에 나오는 '오라클'의 예언이다.

'내 의지로 선택한다'라는 사실에 의문을 품는 사람은 거의 없다. 나의 세계는 내 자유의지로 선택해 가꾸어 나가는 것이며 내 선택에 따라 움직이는 것이라고 여기고 있지 않은가. 하지만 매트릭스의 세계관은 이 믿음을 무참히 깨뜨려버린다. 세계는 프로그램화

되어 이미 그 결말이 정해져 있다. '내가 선택한 대로 움직인다'라는 믿음은 무지몽매한 인간들이 빚어낸 환상일 뿐이다. 스스로 선택할 수 있다는 믿음은 달콤한 착각이나 매한가지라는 것이다.

인생이란 게 그리고 이 세계의 미래라는 게 원래 정해져 있는지 아니면 선택에 따라 무궁무진하게 달라질 수 있는지는 사실 아무도 모른다. 결정론이냐 자유 의지론이냐를 논하기에 앞서 시간이 '물리적'으로 존재하고 그 시간은 오직 한 방향으로만 흐른다는 전제부터 성립되어야 한다.

미래는 백지의 상태일까? 혹은 미래나 과거 없이 그냥 내 인생이나 이 세상 자체가 이미 잘 짜인 시나리오인 것일까? 천재적인 과학자조차 이 천진한 물음에 대해 아직까지 이렇다 할 답변을 내놓지 못한다. 2차원 세계에 사는 존재가 3차원을 상상하기 어렵듯 4차원이 존재한다고 하더라도 3차원에 사는 우리는 섣불리 그 존재를 그려내지 못한다. 명확히 설명하기도 쉽지 않은 것이다. 그런데 어설픈 지식을 가진 내가 '결정론이 맞다'라거나 '자유 의지론이 맞다'라고 감히 어떻게 논하겠는가. '그 누구도 완전히 이해하지 못했다'라는 정도만 말할 수 있을 뿐이다.

아모르파티, 운명을 사랑하다

미래를 예견하고 통제하려는 것 자체가 헛된 시도이다. '미래'는 추상적인 '무엇'으로 존재할 뿐이며 가정이나 추측만 해볼 수 있을 뿐이다. 우리에게 필요한 것은 그 모든 불확실성을 감당할 용기이다. 또한 '미래'를 통제할 수 없다는 진리를 인정하는 현명함이 필요하다. 이 순간의 1분 1초에 묵묵히 대응해나가는 것이 내가 할 수 있는 전부이다.

운명이 정해져 있다 해도 우리는 속수무책이다. 이미 정해진 길 위에서는 그저 걷거나 달려야 하지 않겠는가. 그 길이 구불구불하거나 오르막이라 할지라도 걷지 않으면 안 되게 설정된 게 우리 삶이라면 말이다. '아모르파티'처럼 그저 운명을 사랑하는 수밖에. 비가 내리면 내리는 대로 묵묵히 맞아야 할 것이다. 다만 내 인생의 강수 확률이 몇 퍼센트인지, 비가 온다면 또 언제쯤 올 것인지, 우산은 가지고 나가야 하는지 말아야 하는지, 아니면 그저 집에 잠자코 있어야 하는지를 미리 계획해보는 일은 중요하다. 그럴 때마다 타로카드를 한 장 뽑은 뒤 예쁜 그림을 나 좋을 대로 해석해본다.

'내가 걷는 이 길 위에서 잠시나마 꿈꿀 수 있도록.'

CHAPTER — 10

잃어버린 우산

어른의 ADHD를 말하다

민폐 캐릭터를 피하려 했지만

드러그스토어에 들르자 마침 가랑비가 내렸다. 나는 내게 선물하듯 우산을 샀다. 베이지색 바탕에 드문드문 노란 스마일이 뜬금없이 웃는 귀여운 우산이다. 이처럼 고심해서 우산을 골라본 적 없었는데 이 우산은 달랐다. 잃어버리면 꽤 아쉬울 것 같다.

생각해보니 지금까지 우산에 탕진한 금액이 이 세상 누구 못지않다. 반면에 현관에 보관된 우산은 한두 개의 오차 범위 안에서 늘 일정한 개수를 유지하고 있다. 이런 '우산 질량 보존의 법칙'은 많은 사람에게 적용될 것이다. 비가 온종일 내리지 않는 한 어디엔가 떨구고 오기 일쑤인데 까짓 우산이니 굳이 찾으러 가는 법도 없다. 잃어버린 우산에 관한 흔한 경험은 소설이나 영화의 소재로 쓰이기도 한다. 누구에게나 공감되는 이야기이므로.

하늘이 찌뿌드드한 날, 운 없는 우산 하나를 들고 나설 때면 이 우산과의 인연도 오늘이 마지막일 수 있다는 마음을 준비한다. 분실이 잦은 탓에 '내 우산'이라는 이 소유격 관계가 무색해진다. 르네 마그리트의 뭉게구름 무늬가 화사한 하늘색 우산을 선망해왔지만 오래 쓸 자신이 없으니 언감생심이다. 가방에 넣을 수 없는 장우산을 손에 꼭 붙들고 다니는 사람을 보면 존경스럽기만 하다. 그는 왠지 일 처리도 흐트러짐 없이 야무질 것 같다.

난데없는 곳에서 주인 잃은 수많은 물건을 생각하면 그깟 우산쯤이야 별로 대수롭지도 않다. 1년 내내 월급을 모아 어렵게 장만한 생애 첫 명품 가방도 치킨집에 두고 와버린 적이 있으니까. 회사 동료들과 떠들썩하게 점심을 먹고 식당에 코트를 두고 오는 것도 비일비재했다. 무수히 잃어버린 머플러는 말해 무엇하랴. 휴양지 리조트로 가는 풍경이 예뻐 사진을 찍으려고 보니 휴대폰을 비행기에 두고 내린 것을 알았다. 제주에서 서울로 오는 비행시간을 겨우 맞춰 '세이프!'를 외치는 순간 렌터카에 캐리어를 두고 왔다는 사실을 깨닫고 혼비백산한 적도 있다. 나 혼자만 아찔하면 될 것을 죄 없는 사람까지 수고롭게 하니 그저 미안할 뿐이다.

이 정신머리로 일상생활이야 어떻게든 해나간다 쳐도 업무상 실수는 직원들과 회사 전체에 막대한 피해를 줄 수 있으니 늘 신경을 곤두세워야만 한다. 꼼꼼함을 요구하는 작업에 약하다는 것을 스스로 잘 알기에 남들이 한두 번 볼 것을 수십 번을 더 뜯어본다. 그런데도 실수가 나올 때가 있다. 그럴 때면 귀신이라도 씐 기분이다. 신입 사원 시절, 참고 참다못해 분노한 상사가 마우스를 모니터에 내동댕이칠 지경이었다. 몸 안에서 사리 몇 개쯤 아니 수십 개쯤은 빚으셨을 그분께 지금이라도 깊은 사과를 전하고 싶다.

마케팅의 한 분야에서는 통계 데이터를 전문적으로 다룬다. 내게 분배된 업무가 연산이나 숫자와 관련되어 있을 때가 있다. 사소한 부호 하나만 잘못 입력해도 출력값이 엉망이 되어버리기에 아주 조심스럽고 섬세하게 작업해야만 한다. 세미콜론은 제대로 입력했는지, 명령어의 스펠링은 틀리지 않았는지 해부하듯 꼼꼼히 뜯어보지 않으면 안 된다. 그런데도 유독 실수를 많이 내는 때가 있다. 모니터가 너덜너덜해질 정도로 보고 또 보는 것이 무색하게 사고는 터진다. 변명조차 할 수 없이 내 책임이다. 그럴 때면 나란 인간의 효용성이 의심스럽기만 하다. 자존감은 기다렸다는 듯 하강 나선을 타고 신나게 미끄러진다. 우울의 늪에 상주하는 흑색 자아가 '어서 와, 또 보네'라며 음침하게 맞아주는 지겨운 연쇄 작용이 반복된다.

한두 번도 아니고 수없이 거듭되는 실수는 이미 '잘못' 아니면 '고의'여서 동료와의 갈등을 피할 수 없다. 곪고 곪은 마찰은 퇴사로까지 이어지니 계속 이런 식이면 살풀이 굿이라도 해야 할 판이었다.

반복되는 실수는 병이다

유튜브에서 우연히 '성인 ADHD(과잉 행동 장애)'에 관련된 콘텐츠를 접했다. 침대에서 뒹굴며 모기 물린 자리를 벅벅 긁는 잉여 시간에도 메시아는 불쑥 찾아오는 모양이다. 얌전하고 내성적인 내 성향은 'ADHD'와 관련이 없다고 여겨왔다. 성인 ADHD가 아동 ADHD와는 다소 다를 수 있다는 점, 양상에 따라 종류가 나뉜다는 정보를 알게 되었다.

인터넷을 뒤져 성인 ADHD에 관한 내용을 찾아보니 많은 증세가 나와 일치했다. 아래는 약식 체크리스트이다.

01. 일을 순서대로 진행하기 어렵다.
02. 새로운 일을 시작하기까지 많은 시간이 걸린다.
03. 동시에 여러 가지 일을 시작하지만 끝마치기 어렵다.
04. 책을 읽거나 대화하는 도중 쉽게 주의가 분산된다.

05. 어떤 일에 과도하게 집중한다.

06. 정밀한 일에 주의를 기울이지 못한다.

07. 조심성이 없어 실수를 많이 한다.

08. 다른 사람의 말을 귀 기울여 듣지 않는다.

09. 지속적인 정신력을 요하는 작업을 피하거나 싫어한다.

10. 상황을 고려하지 않고 머리에 떠오르는 생각을 즉각적으로 말한다.

11. 지루함을 견디지 못한다.

12. 불필요하게 끊임없이 걱정한다.

13. 위험을 고려하지 않고 행동한다.

14. 질문이 끝나기도 전에 불쑥 대답해버린다.

15. 차례를 기다릴 때 초조하고 답답하다.

16. 술, 담배, 게임, 쇼핑, 일, 음식 등에 깊이 빠져든다.

17. 가만히 있지 못하고 손발을 움직이거나 몸을 뒤튼다.

18. 말을 지나치게 많이 한다.

19. 가끔 창조적, 직관적, 지적으로 우수해보인다.

20. 돈을 충동적으로 쓴다.

약식 자가 진단만으로도 절반 이상이 내 이야기였다. 공식적 확

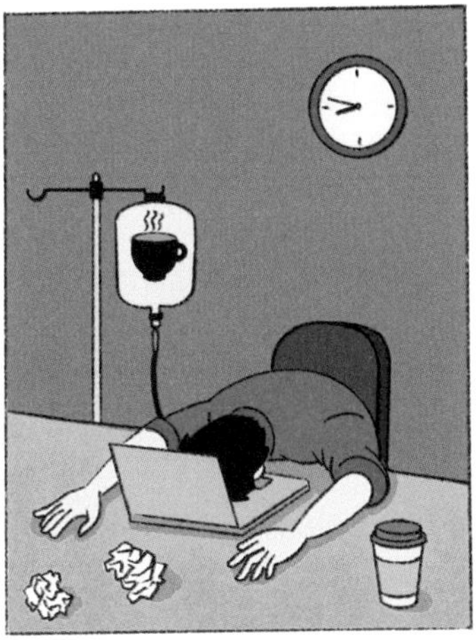

소위 '젊은 피'에겐 지칠 권리도, 좌절할 권리도 주어지지 않는다.
내가 가진 능력이 사실 이것밖에는 안 된다는 말을
감히 어떻게 털어놓을 수 있겠는가.

인을 위해 신경정신과를 찾았다. 전문의 상담과 설문지 작성, 온라인 테스트를 거친 끝에 나는 당당히 'ADHD 환자'임을 공인받았다. 나의 경우 과잉 충동 양상이 두드러지지 않지만 쉽게 주의력이 분산되는 'ADD' 환자라고 했다. 진단을 받았으니 최소한의 처방이라도 받을 수 있었다. 개선될 수 있다는 가능성이 생긴 것이니 홀로 헹가래라도 치고 싶은 기분이었다.

ADHD 하면 흔히 과잉 행동 장애를 떠올린다. 이런 ADHD를 '충동 우세형'이라 하고, 나처럼 '주의력 결핍' 증상이 도드라지는 '조용한 ADHD'의 경우 증세를 쉽게 알아챌 수 없다고 한다. 그래서 불안 장애나 우울증으로 오진되는 일도 흔하다고 한다. 들어보니 '조용한 ADHD' 환자는 전체 ADHD 환자 중 약 20% 정도였다. 어린 시절부터 얌전하고 내성적이었던 것을 '원래 그런 성격' 또는 '천부적 기질'로 여겨 온 것이다. 그런 성향으로 인해 불안이나 우울에 더 취약하다고 여겼는데 알고 보니 위장술의 천재 '조용한 ADHD'가 내 안에 숨어 나를 좌지우지했던 것이다. 실수와 잘못 위로 쏟아지는 질타 속에서 내가 왜 이러지, 귀신에 홀렸거나 유령에 씌었을지 모른다며 자책하던 지난 세월을 생각하니 새삼 억울했다. 진단서를 깃발처럼 흔들고 싶었다. 나를 원망했을 피해자들을 찾아가 구구절절 변명하고 싶었다.

살풀이해야 할 때

ADHD는 약물치료가 가능하다고 하여 약을 처방받았다. 조그마한 알약 몇 알이 그동안 '성격'이라고 여겼던 나의 일면을 드라마틱하게 바꾸어 놓는단다. 알고 보면 기질의 절반 이상은 철저히 생리적이고 병리적인 것 같다. 의사는 약을 먹으면 나의 크고 작은 실수도 거짓말처럼 말끔히 사라질 것이라고 장담했다. 사람은 고쳐 쓰는 것 아니라던데 현대 의학에서는 이것도 가능하게 만들었나 보다.

이제 오전 9시마다 나를 각성시키는 것은 커피나 레드불이 아니라 알약 '콘서타'였다. 콘서타는 확실히 정신을 맑게 하고 업무에 더 집중하도록 도와주었다. 마무리까지 꼼꼼하게 할 수 있는 기민함도 주었다. 들뜬 나머지 여봐라 하며 광고하고 싶었다.

"일광욕을 하세요, 운동을 하세요, 그리고 에너지 세럼serum 콘서타를 드세요. 수행 능력을 100% 끌어 올려드립니다."

한 알을 먹고 나면 30분 안에 슬슬 약효가 돌아 가동 준비가 완료된다. 나란 인간의 효용성도 제법 쓸 만한 레벨까지 올라가는 듯 느껴진다. 자존감까지 올라가 나라는 인간 자체가 예쁘고 우수한 사람이 된 기분이었다.

소위 '젊은 피'에겐 지칠 권리도, 좌절할 권리도 주어지지 않는다. 내가 가진 능력이 사실 이것밖에는 안 된다는 말을 감히 어떻게 털어놓을 수 있겠는가.

부정적인 것으로 치부해왔던 내 일면을 효과적으로 바꾸어 나갈 수 있었다. 꼼꼼해지고, 성실해지고, 지루한 일도 견뎌내고, 관심 없는 이야기에 집중할 수 있게 되었다. 복용 기간이 어느 정도 길어지자 약에 의존과 내성이 생겼다. 태양까지 올라갈 것 같던 날개는 사실 이카루스의 날개였다.

능력을 얻은 만큼 내 정체성의 일부를 내줘야 했다. 약효에 따라 움직이는 연극배우가 된 느낌도 들었다. 약물이 연출해낸 내가 과연 진짜 내가 맞느냐는 고루한 질문을 던지기도 했다. 그러나 치료와 의존 사이를 가르는 명확한 선은 없었다. 다만 내가 그 균형을 찾지 못했을 뿐이다.

약 복용 당시 어느 때보다 명민하게 업무를 수행했다. 그러나 최소 절반 이상의 공로는 콘서타의 몫이었다. 과제에 맞설 때마다 약 없이는 해내지 못할 것 같은 기분이 시나브로 들었다. 나와 콘서타는 환상의 팀이었지만, 어느 순간부터는 제 갈 길로 가지 않으면 안 된다는 생각이 들었다. 결국, 치밀함이 요구되는 업무 자체가 나와 맞지 않음을 인정했다. 다소 늦게나마 기질에 맞는 다른 분야로 진로를 전향했다. 지금은 콘서타를 절반 정도 중단한 상태이다. 이대로는 안 되겠다 싶을 때 가끔 콘서타의 도움을 청하는 정도이다. 내 나름의 최상의 방책이다.

ADHD와 함께 살아가기

성인 ADHD 환자의 80% 이상은 우울증, 조울증, 공황장애 등 다른 신경정신증을 동반한다는 소견이 있다. 내 경우도 여기에 해당한다. 어린 시절부터 이미 ADHD의 증상을 보였더라도 원래 그런 천성 정도로 치부하는 경우가 대다수라고 한다. 증상이 행동습관으로 길들여질 경우 뒤늦게 개선하기는 쉽지 않다. 일상생활에 적응하지 못하거나 잦은 실수로 어려움을 겪기도 하며 태도의 결함으로 부정적인 평가를 받기도 한다. 그 결과 자존감이 극도로 낮아지고 우울증 같은 정신질환에 빠지게 된다. 이는 돌고 도는 뫼비우스의 띠 아닌가.

나의 ADHD가 일으킨 크고 작은 소동은 나비의 사소한 날갯짓에 지나지 않았다. 그러나 그 반향은 무시할 수 없는 소용돌이를 일으켰다. 거기에 휩쓸린 인생은 지금의 처지에 나를 옮겨 놓았다. 나 자신이 미덥지 않기 시작했을 때 적절한 조치를 취했다면 지금쯤 더 나은 자리에 있지 않았을까. 가보지 못한 그 길은 평탄했을지 모른다. 눈부셨을지도 모르지만 아쉬움은 남는다.

가끔은 비가 내리는 길을 우산 없이 걷고 싶다. 우산조차 오롯이 혼자인 나를 방해한다는 느낌이 들 때 그렇다. 혹시 우산 없이 빗속을 걸어본 적이 있는가?

어느 여름날, 강한 태풍이 몰아쳤다. 대낮인데도 시커멓게 어둠이 깔리며 마치 지구 종말을 예고하는 것 같은 날이었다. 뒤집어지다 못 해 끝내 살이 부러진 우산을 길가 쓰레기통에 버렸다. 제대로 걷기조차 힘든 판에 맥없이 펄럭이는 우산이 거추장스럽기만 했다. 세찬 물줄기를 견디며 걷기에 샌들 끈은 너무 가늘고 심지어 굽까지 높았다. 나는 샌들을 벗고 맨발로 걷기 시작했다. 남들 눈치를 보랴 주저하던 것이 무색하게 차갑게 차오른 물속을 헤집는 맨발은 가볍기 그지없었다. 한편으론 황홀한 느낌까지 들었다.

산뜻하기까지 했던 그 날의 해방감은 평생 잊을 수 없다. 누군가는 미친 여자라고 손가락질했을지 모르겠다. 그러나 누구도 의식하지 않던 그 날의 그 '미친 여자'는 비로소 살아 있는 희열을 맛보았다. 우산조차 남들 눈을 의식해서 쓴 적이 한두 번이 아니었으므로.

CHAPTER — 11

팀장을 위하여

중간관리자의 고군분투기

중간 아이 증후군

제법 규모 있는 화장품 회사에서 근무한 지 3년 차 되던 해 팀장으로 승진했다. 기존 팀장이 그해 초 퇴사하면서 그 공석을 채우게 된 것이다. 비교적 이른 나이에 팀장이 되자 다들 축하해주었지만 내심 못마땅한 눈치를 주는 이들도 있었다. 얼떨결에 얻은 감투에 처음에는 벅차고 자랑스러웠다. 그러나 기쁨도 잠시 스트레스가 극에 달해 불면증이 생기고 말았다. 좀비 같은 몰골로 사무실을 유랑할 때면 마주치는 이들이 걱정스레 물어왔다.

"팀장님, 행복해 보이지 않으시네요."

업무가 산더미처럼 쌓인 사무실을 행복한 얼굴로 돌아다니는 사람이 과연 몇이나 될까? 행복해 보이지 않는다는 말은 '참 불행해 보이시네요'로 바뀌어 들렸다.

'중간 아이 증후군'이라는 말이 있다. 흔히 말하는 '둘째 아이 증후군'이다. '출생 순서에 따른 경향성'으로 첫째, 막내, 외동 그리고 중간 자녀의 각 성격을 범주화하려는 시도이다. '혈액형 성격'이나 'MBTI'처럼 대상을 정의함으로써 '미지'라는 두려운 영역을 지워 내려는 노력 중 하나일 것이다. 사람의 뇌는 '잘 모르는' 것을 '부정적'인 것으로 왜곡한다고 한다.

'중간 아이 증후군'은 첫째도 막내도 아닌 '낀 자녀'의 성격적 경향성을 대변한다. 첫째만큼 주목을 받지도 막내처럼 귀여움을 독차지해보지도 못한 혹은 그 기간이 상대적으로 짧았을 중간 자녀들은 첫째와 비교당하며 자괴감을 느낀다고 한다. 한편 마땅히 누려야 할 애정의 상당 지분을 다른 형제자매에게 수시로 양보하며 자란다고 한다. 낀 채로 자라나는 과정에서 자연스럽게 협상과 외교의 기술을 습득하고 뛰어난 적응력과 독립심을 형성하며 공감에 능하고 사리에 밝은 균형 잡힌 성격을 형성해나간다는 것이 가설의 요지이다. 애매한 지점에 싹을 틔우고 이리저리 흔들리며 피어난 꽃의 서러움이다.

나는 '첫째임이 분명할 것'이라거나 '왠지 막내일 것 같다'라는 말을 자주 듣는다. 둘째일 것 같다는 말은 들어보지 못했다. 저출산의 영향으로 '낀 자녀'의 숫자가 줄어들고 있기 때문일까. 혹은 나의 포용력과 융통성이 아직 모자란 탓일까. 어찌 되었건 중간 아이들이 보편적으로 가진다는 장점을 가지고 싶은 나는 '둘째 같다'라는 말을 듣고 싶다.

사면초가를 자초하다

서론이 길었다. 아무튼 '팀장'이라는 과분한 감투를 쓴 값으로 '중간' 직급자가 으레 겪게 마련인 매운맛을 아주 호되게 감당해야 했다. 말이 '장'이지 위에서 찍어 누르는 사람이 수두룩했다. 그 기세에 눌려 한없이 엎드리면 밑에서는 또 못 살겠다는 아우성이 치고 올라왔다. 끝내는 깡통처럼 납작 찌부러져 감투니 뭐니 다 패대기치고 싶었다. 나부터 숨 좀 쉬고 보자는 심정에 휘말렸다.

고생에 걸맞은 보상이 응당 따르리라 생각했지만 승진의 대가는 '옜다, 명예'라며 받은 게 다였다. 다른 팀장 이야기를 들어보니 감투 값으로 끽해야 몇십만 원을 더 받고 있을 뿐이었다. 그게 어디냐고 반문하는 이도 있겠으나 근무 강도는 곱절로 증가했고 노동 강도 역시 더욱 높아지기만 했다. 그러니 시간당 급여는 오히려 떨어진 셈이었다. 명예값치고는 무척 혹독했다.

"팀장님, 대체 어디 계세요?"

팀원들은 연일 나의 꼬리를 찾아 헤매기 일쑤였다. 그 시각의 나는 십중팔구 회의에 들어가 있었다. 짧게는 30분, 길게는 한 시간마다 미팅 스케줄이 잡혀 있었다. 따라서 이쪽저쪽 빌딩을 타고 오르내리는 이동시간 또한 만만치 않았다. 지구라도 구하겠다는 양 엄숙하고 진지한 자의식들이 들어차 있는 커다란 회의실은 매번 터질 지경이었다. 치열한 공방과 비장한 설전에 비해 결론은 늘 시시하고 모호해서 투입 대비 본전도 못 찾는 경우가 허다했다. 회의실을 나올 때면 '그래서 누가 뭘 어떻게 책임지겠다는 것인지'라는 의문점만 남았다.

마지막 미팅이 끝나면 날은 벌써 저문 뒤였다. 그때라도 업무를 시작할 수 있으면 다행이었다. 확인 못 한 이메일과 결재 서류가 쌓여 노트북은 폭발 직전이고, 연일 늘어지는 안건에 대한 확정 요청도 밀물처럼 닥쳐왔다. 퇴근을 목전에 둔 팀원들은 약간의 힐난을 담아 메일은 확인했는지 묻는다. 이에 대답하면 의사 결정은 언제 해줄 것인지 앞다투어 물어왔다. '본론만!' 혹은 '결론만!'이라고 포효하는 내면의 야수를 달래며 각양각색의 장광설을 경청해야 했다. 평온을 가장했지만 '제발, 나도 일 좀 하자!'라며 울고 싶은 심정이 들었다. 집에 가면 술 한잔 꺾으리라 다짐하며 이를 악물었다. 이제 '칼퇴근'은 전설 속에나 등장하는 '무엇'이 되어 있었다.

'덕장'이 되겠다는 욕심은 자기기만이자 흉내 바둑에 지나지 않았다. 아래로는 사회 초년생들을 두루 살피고 위로는 임원과 대표의 다리가 되어야 한다는 것을 잘 알고 있었다. 상사와의 관계는 그전까지 크게 어렵지 않았다. 어찌 되었건 위에서 명하면 아래서 따른다는 깔끔한 규율이 있었으니까. 그러나 내가 받은 지시를 아래 직급의 사람들에게 적용하는 것은 참 껄끄러운 일이었다. '내가 참고 말지, 내가 하고 말지'라는 유혹에 넘어가는 편이 훨씬 쉬웠다. 그러던 어느 날 전무가 불렀다.

"팀원 관리 좀 신경 써요. 사무실 한번 둘러보세요. 그 팀 팀원들만 없잖아요."

통유리로 되어 있는 전무실 문 너머로 목요일 저녁 8시 사무실의 전경이 내다보였다. 40여 명 정도의 사업본부 직원 중 우리 팀원 9명만이 퇴근한 상태였다. 원칙을 따른다면 주 52시간 근무가 맞았다. 규정까지 무시해 가며 유연성을 발휘하라는 전무의 지시가 원망스러웠다. '아니, 전무님! 원칙적으로 하라면서요'라고 불만을 터트려봐야 내가 옴팡 뒤집어써야 하는 오물만 날아올 판이

적당히 중간을 잘 지키는 것은
과연 어디쯤을 말하는 것인지 나로서는
알 수 없는 노릇이었다.

었다. 그저 수시로 바뀌는 지시에 장단 맞춰 미친 척 춤춰야 했다.

"내일 본인 팀과 팀원들이 무슨 업무를 하고 있는지 정리해서 보고하세요. 팀 간 업무 불균형이 있는 것 같으니 조정해야겠습니다."

울며 겨자 먹기로 야근을 강요하라는 것이다. 본의 아니게 나쁜 사람이 되어야 하니 억울했다. 차마 전무가 시켰다고 할 수는 없었다. 깜냥의 자존심이 구차한 사설을 못 참으니까.

아랫사람을 공정하게 대하겠다는 신념도 현실에서는 뜬구름 잡는 꼴이었다.

"팀장님, 팀장님은 혹시 회피형이세요?"

각종 민원 해결이 늦어지면 받아치고 올라오며 반발하는 팀원이 있었다. 그런가 하면 불만이 있을 때 조개처럼 입을 꾹 닫는 팀원도 있었다. 주로 목소리 큰 놈의 손을 들어주고 묵묵한 놈에게 잔업을 몰아주었다. 칭찬이나 비난은 너무 노골적이어서는 안 되었다. 팀원 사이를 조율한답시고 하나하나 눈치를 봐야 했다. 오고 가는 문자 메시지의 말투가 상냥한지 퉁명스러운지 살펴야 했으며 이모티콘이 있는지 없는지에도 신경 써야 했다. 직급이 곧

깡패라는 말은 내 성격과 맞지 않았다. 팀원의 기세에 따라 태도를 달리하는 내가 참 비겁해 보였다.

앞, 뒤, 양옆, 평행선상에 나란히 앉은 다른 팀장과의 알력 싸움은 정말이지 가장 골 썩이는 감정 소모였다. 각 팀 간 기묘하게 겹친 업무들을 어느 팀이 주가 되어 이끌고 갈 것인지, 협업의 범위는 어떻게 특정할 것인지 정하는 과정에서 '은근하게' 신경을 긁는 미묘한 싸움이 최소 하루 한두 건은 벌어졌다. '총성'만 없는 전쟁이지 갖은 정치와 외교는 더욱 시끄러웠다. 하나를 주고 하나를 취하는 것처럼 승패 없이 아름다운 승부가 되는 일은 결코 벌어지지 않았다. 차라리 져주는 편을 선호하던 내가 난생처음 '싸움닭'처럼 굴기도 했다. 그나마도 팀원들의 '방패'인 척 보여주기식의 마지못한 싸움일 때가 대부분이었다. 우스꽝스럽게 몸집을 부풀려봤자 기가 눌려 있는 것을 다들 귀신처럼 알아챘다. 가끔은 이기지만 대부분 지는 날이 많았다. 어찌 되었건 팀장들의 욕받이 아니면 팀원들의 욕받이 중 하나가 되었다. '욕먹으면 장수한다'라는 말이 진짜라면 아마 기세 좋게 연금이라도 콸콸 부어야 할 팔자였다.

속내 같아서는 당장이라도 책상을 엎어야 했지만 팀원에게는 상급자로서 체면을 차리고 싶었다. 팀원들을 보호하는 우산의 매무새는 갖추고 볼 일이었다. 쏟아지는 물 알갱이 사이로 가쁜 숨을 뱉어내기도 벅찬데 그 파랑을 일으키는 바람을 바라볼 사치가 어디 있겠는가. 팀원들의 일을 걷어낼수록 우리 팀에 대한 평판은 떨어지기만 했다. 어설프게 '덕장'이 되려 하던 나의 사욕은 업보가 되어 알뜰히 쌓이고 있었다. 이것이 팀에 커다란 악영향을 끼칠 거라곤 미처 생각지 못했다.

중용의 덫에 걸리다

사내에서 나는 어느덧 '천사 팀장'으로 불리고 있었다. 싼값에 도금하고 진짜 금 행세하는 꼴이나 마찬가지였다. 아무리 금싸라기라도 제 눈 위에 내려앉으면 시야만 흐려지는 법이다. 도금마저 흉하게 벗겨진 모양은 사실 '호구 팀장'이나 마찬가지였다. 팀을 둘러싼 교묘한 따돌림과 은근한 무시가 잇따랐다. 바로 옆의 내 존재를 무시한 채 내 팀원에게 직접 업무를 지시하는 팀장이 있는가 하면, 업무라도 분배해줄라치면 '그걸 왜 제가?', '왜 저희 팀이?'라며 억울함을 터뜨리는 팀원들도 있었다. 어떤 뒷말들이 오고 갈지 몰라 나는 항상 두려웠다. 결국 위, 아래, 앞뒤, 좌우 눈치를 보느라 배터리가 방전되고 말았다. 소위 '번아웃 증후군'에 빠지고 만 것이다.

'성공의 비결은 중용'이라는 말은 성공한 자들이 내뱉는 공허한 말이 아닌가 싶다. 내 경험상 '중용'은 불가능하며 사고하는 인간이 결코 가질 수 없는 정신이었다. 적당히 중간을 잘 지키는 것은 과연 어디쯤을 말하는 것인지 나로서는 알 수 없는 노릇이었다.

동물적인 감각으로 '적당한 어딘가'를 노련하게 캐치해내는 이도 있지만 나는 안타깝게도 그 감각을 타고나지 못했다. 100명이 있는 곳에는 어김없이 그만큼의 '기준'이 존재한다. 자신의 '중용'은 다른 사람의 '중용'과 부딪히며 갈등을 일으킨다. 누군가의 천사가 다른 이에게는 그저 '환장할 인간'이 되고 마는 것이다. 그렇기에 말은 양쪽에서 모두 들어야 한다.

차라리 냉정하고 편파적인 성향이 맞추기 쉬울 것 같다. 일단 좋고 싫음이 분명하기 때문이다. 맞추고 싶은 사람은 따를 것이고 그렇지 않으면 반발하여 싸우다가 결국 타협점을 찾게 되니까.

모두가 외롭다

회사 내 우애 깊은 동료를 둔 사람은 복 많은 사람이 틀림없다. 웃음과 사랑이 피어나는 텃밭인 줄 알았더니 사실 언제 터질지 모르는 폭탄을 잔뜩 품고 있는 지뢰밭이었다.

우리 본부는 대리 한 명을 제외한 나머지 모두가 여성 직원이었다. 섬세하게 재단된 정서적 배려가 필요한 사람들의 수가 평균 이상이라고 할까. 성별이 한쪽으로 치중된 집단에서는 묘한 힘겨루기가 벌어지곤 하니 이상한 일이다. 여왕벌이 탄생하는가 하면, 그 주위로 부지런히 꿀을 나르며 그녀를 양육하는 무리도 생겨난다. 바쁘게 사무실을 가로지르는 모습은 꼭 서로의 뇌관이라도 건드릴까 봐 종종걸음치는 것으로 보였다. 모두는 다정히 낀 팔짱을 뿌리칠 준비라도 하는 듯 혹은 반대의 경우가 될까 두려움에 질린 듯한 얼굴을 하고 있었다. 보드라운 쿠션이라도 안은 듯한 훈훈한 대화의 저변에는 한 줄기 시린 공기가 발목 사이를 불길하게 가로지르고 있었다.

여러 팀의 사람들과 두루 친한 대리가 나에게 전해왔다.

"사실은 외롭대요, 다들."

모두 각자의 자리에서 각자의 방식으로 외로워하고 있다는 것이다. 나 역시 다를 바 없었다. 팀장이라는 직책을 업고 가는 '사람'이 앉은 그 자리에 살짝 엉덩이만 걸쳤을 뿐인데도 몹시 외롭고 무서웠다.

'완벽'이라는 허구

공식 발령이 난 뒤 약 2주간은 사뭇 겸손한 태도로 원래의 자리를 지켰다. 한구석에 고립된 팀장의 자리가 너무나 소외되고 쓸쓸해 보였기 때문이다. 모든 팀원이 한눈에 들어오는 그 자리에 가면 누구 하나를 남긴 채 퇴근할 수 없을 것 같았다. 지금 생각하니 떡 줄 사람은 생각도 않는데 참 눈치가 없었다.

'내 새끼들'만큼은 야근시키지 않겠다는 '쿨내 풀풀' 팀장 놀이에 홀로 도취되어 있었다. 성장이나 자기 계발과 연관되지 않은 잔업은 주지 않겠노라 선언했다. 이 선언은 이내 자승자박의 기형적인 밧줄이 되고 말았다. 회사 업무 중 절반 이상이 잔업이었다. 강산이 변할 만큼 일해온 내가 대체 어떻게 이를 까마득히 잊을 수 있었을까. '말씀이 곧 실현될지니'라는 의미 그대로 자질구레한 단순 업무와 지저분한 업무는 곧 나의 몫이 되었다. 허접한 부채를 퍼덕이며 급한 불만 대충 꺼도 시간은 벌써 자정에 가까워졌다. 오후 10시 30분이 지나야 택시비를 '업무비'로 처리할 수 있었으므로 애매한 시간에 퇴근할 바엔 차라리 30분 더 일하는 것이 낫다는 계산도 있었다. 나 자신을 땔감인 양 마구 써댔다. 마침내 나는 한 줌의 재가 되고 말았다.

"제가 과연 팀장 재목이기나 할까요?"

팀장이 된 지 불과 3주 차 되는 날 전무에게 물었다. 치기 어린 질문이었지만 그때는 나를 인정하는 말 한마디가 갈급했다.

'두 발은 땅에 굳게 두되 머리는 하늘에 두어라. 천 리 밖을 내다볼 줄 알아야 진정한 리더가 된다'라는 말이 있다. 이상향을 추구하되 딛고 있는 현실을 무시하지 말라는 뜻이다. 나 같은 초짜가 언감생심 욕심낼 바는 아니었다.

감투고 지위고 모두 필요 없으니 '내 할 일만 하고 싶다'라는 것이 그때 나의 소원이었다. 물론 윗사람의 의중을 헤아리며 자기 일에만 몰두하기도 쉽지 않은 일이지만 말이다. 모든 것을 두루 내다보는 거시적인 시야를 지닌 한편, 미시적으로는 한 사람의 마음까지 보살필 줄 알고, 때때로 드러내는 능청스러운 모습이 밉지 않으며 동시에 항거 불가한 카리스마까지 갖춘 인물이 되려면 수백 년은 족히 걸릴 것 같았다.

새롭게 출시된 클렌징 제품의 모델 촬영을 기획하던 때였다. 촬영을 처음 리드해보는 막내 사원 하나가 무섭다고 했다. 단순한 세안제 촬영이라도 기획부터 실제 촬영까지 준비 기간에 장장 한 달을 소요한다고 해도 일정이 빠듯했다.

막내 사원이 프로젝트 리더로서 일을 진행한다는 것은 초심자로서 매우 어려운 일이었을 것이다. 그 두려움을 누구보다 잘 알고 있는 나였음에도 남의 마음을 읽는 데는 까막눈이었다. 절묘하게 콕 집어 풀어내는 것은 더욱 어려운 일이었다. 기껏해야 이론적인 이야기만 늘어놓으며 '그 느낌적인 느낌 있잖아, 그 느낌을 몰라?'라고 말하며 답답해했을 뿐이다.

'차라리 내가 하고 말지'라며 단시간에 해치워버리자는 유혹이 들었다. 퇴근길 마트에 들러 촬영에 필요한 모든 소품을 재빠르게 골라냈다. 베이지색 원피스 서너 벌과 휴양지 분위기를 물씬 풍기는 오가닉 데코, 호텔에나 비치돼 있을 법한 값비싼 타월 등 내가 그리던 '느낌'에 꼭 들어맞는 것들만 골랐다.

다음 날 아침 양손 무겁게 소품을 들고 촬영 현장을 방문했다. 처음에는 분명 '참관자의 신분'으로 방문한 것이었는데 정신을 차려 보니 어느새 내가 전 과정을 진두지휘하고 있는 게 아닌가. 막내 사원은 책임자의 지위를 잃고 이따금씩 거들다가 마침내 방관자로 밀려나고 말았다.

관대하며, 공정하고, 각자의 생각과 개성을 존중하는 우두머리가 되겠다는 것은 허황된 공략이었다. 몹쓸 '완벽주의'가 양산한 이상이었을 뿐이다. '나만큼은' 공정하게 플레이할 수 있다는 오만에 빠져 있었다. 팀원들이 성장하도록 기다리고 인내해주지 못하는 팀장이었다.

모두가 나를 사랑해주길 바랐다. 싫은 소리 한마디 듣는 것이 두려웠다. 숭고한 희생이라도 떠맡은 줄 알았지만 결국 나조차 돕지 못한 꼴이 되었다. 굽어보는 위치에 있다고 착각한 나머지 내 키가 작은 줄은 미처 몰랐다. 호랑이 가죽을 비집고 나온 여우 털을 보고도 눈 감아 준 팀원들의 품이 더 넓었다. 자신도 지켜내지 못하는 팀장보다 그들의 키가 훨씬 컸다.

찢어진 우산도 우산이라며 두 손에 꼭 받쳐 든 채 정글의 비바람을 견뎌준 나의 전우들에게, 이제라도 뒤늦게 감사의 말을 전한다.

CHAPTER — 12

AI가 온다

디지털 시대를 손님처럼 맞이하기

디지털 꼬리잡기 놀이

한때 여의도에 위치한 증권사 마케팅 전략팀 과장으로 일한 적이 있다. 재직 중에 팀 명칭이 한 번 변경된 적이 있는데 기존 '마케팅 전략'팀이 '디지털 마케팅'팀으로 전환된 것이다.

2020년은 주식 시장의 '르네상스기'였다. 바야흐로 '주린이'의 부흥기였고 있는 빚 없는 빚까지 내어 너도나도 투자하던 시기였다. 시류에 맞춰 회사에서는 ETF(여러 테마 종목을 묶어 1주, 2주 등의 작은 단위로 쪼개 파는 상품), 해외 주식, 소수점 투자(1주에 수백만 원을 호가하는 주식을 0.01주 이상의 소수점 단위로 매매하는 방식) 등의 각종 투자 상품을 적극적으로 홍보했다.

아는 체하는 것처럼 보이겠지만 사실 증권사 직원의 말은 믿을 게 못 된다. 우스갯소리로 증권사 다니는 직원치고 '집 한 채' 날려

보지 않은 사람 없을 거라는 말이 있다. 증권사 직원 역시 인간이기에 공포와 욕심이라는 감정에 휩쓸려 최적의 매매 타이밍을 놓쳐버리곤 한다.

대개, 증권사 일반 직원이 가진 정보는 '진짜, 고급' 정보의 부스러기 중에서도 거의 찌꺼기에 불과하다. '정보'랍시고 얻을 때쯤이면 그 종목의 주가는 이미 고점에 이른 상태인 것이다. 증권사의 직원은 '각 업계 뉴스'를 좀 더 빨리 클릭하는 '외부자'에 지나지 않는다. 투자 가능한 한도 역시 자신의 연봉 내외로 정해져 있고 그 이상의 투자는 감사 대상이 된다.

흘러가는 강물이나 돈 줄기를 지켜보기에 여의도만큼 목 좋은 곳은 없다. 여의도는 한강 물뿐만이 아니라 돈의 물결이 흐르는 중심이기 때문이다. 사회의 '트렌드'는 일견 유흥이나 오락거리, 또는 편리함, 생활의 변화처럼 보일 수도 있다. 증권가에서의 '트렌드'란 돈을 몰고 다니는 수령이나 마찬가지다. 그래서 현재와 미래의 트렌드에 늘 촉각을 곤두세우고 있어야 한다.

바야흐로 '언택트' 시대의 시작이었다. 충격 요법 없이는 아주 천천히 변해 갔을 것들이 눈뜨면 대세가 되어 있었다. 과장을 좀 보태 아침에 떠오른 '핫이슈'가 그날 저녁이면 벌써 그저 그런 일상이 되어 있는 식이었다.

'메타버스', 'NFT' 등의 굵직한 신조어들과 다양한 '가상 화폐'가 쏟아져 나왔다. 나 역시 서당 개 풍월 읊듯 머지않아 산업 판도가 완전히 뒤집힐 것이라는 거창한 말을 해대곤 했다. 남들 말을 듣고 주워섬기는 정도였지만 한 치의 의심도 없었다.

아무리 어린아이라도 얼어 있는 한강 표면을 흘깃 보면 물속이 차가울 거라는 걸 직감할 수 있다. 눈앞에 우뚝 선 거대한 물기둥 주위로 큰바람이 일고 있음은 자명해 보였다. 시류에 편승하려는 '노력'을 윗자리 어른들께 한껏 어필할 필요가 있었다. 가장 빠르고 간편하게 눈에 띄는 것은 '닥치는 대로' 해야만 했다. 그리고 그 노력의 시작이 팀 명칭의 변경이었다.

한편, '코인이 대세다, 메타버스가 대세다, Z세대에게 먹히는지가 중요하다'라며 조간신문을 탁탁 치며 읊으면서도 날것의 현실에서는 다소 눈이 어두운 윗분들께 그럴듯해 보일 만한 기획서를 만들어 올려야 했다. 임기응변식의 화려한 기획서 저변에는 한나절 내내 엑셀을 뚝딱거리며 차트를 만드는 손가락들이 버둥대고 있었다.

아이러니하지만 거대 기업의 시스템일수록 더 비대해서 트렌드에 적응해 가는 모양새는 마치 산등성이를 이고 있는 육중한 거북이가 느릿느릿 기어가는 듯한 모양새와 마찬가지였다. 기본 시스템만 업그레이드하면 채 10분도 안 걸릴 일들을 일일이 수작업으로 해야 했으니 급한 불만 끄는 데도 열 배 넘는 시간은 족히 걸렸다. 한겨울 두꺼운 얼음장을 깨고 빨래하며 찌든 때를 탕탕 때리는 성질 난 아낙이라도 된 심정이었다.

당시 우리 팀에서는 고객을 대상으로 매달 이벤트를 진행했다. 타 증권사 계좌의 주식을 우리 회사 계좌로 이관하면 금액에 따라 현금을 캐시백해주거나 혹은 주식 거래 액수가 큰 상위 고객들에게 리워드를 주는 식의 이벤트였다.

그런데 그 사후 작업이 가관이었다. 고객의 이관 내역, 거래 날짜와 금액 등은 시스템상에 기록되어 있었다. 하지만 이벤트 요건에 맞는 대상들을 추출하고, 그중 적격인 고객을 정제해내는 것은 오로지 사람 손을 거쳐야만 했다. 개인의 계좌별, 날짜별 거래 금액을 합산하고, 이벤트에 응모한 내역이 있는지 확인하고, 리워드 비율인 0.5%를 적용하면 현금으로 받는 금액은 얼마가 되는지 계산했다. 한편으로 복수의 이벤트에 지원한 고객들이 중복으로 혜택을 받아가지 않도록 엑셀로 한 번 더 걸러내야 했다.

이밖에도 임직원이 혜택을 가져가지 못하도록 엑셀 차트를 한 번 더 돌리고, 또 다른 조건의 사람들을 걸러내면 어느덧 엑셀 시트는 수십 개로 늘어나 있었다. '진짜 최종'과 '최종의 최종' 중 어느 것이 진짜 최종 버전인지도 헷갈리게 되고 마는 것이다. 따라서 매달 지급일 무렵이면 이벤트 혜택을 꼼꼼하게 챙기는 고객들의 컴플레인 콜로 CS센터는 포화 상태가 되었다. 나는 IT 팀에 자동 지급 시스템 개발을 제안하기에 이르렀다.

"그게 그렇게 쉬운 일이 아니에요."

IT팀 담당자가 운을 뗐다.

"과장님이 보시기에는 이거 하나 바꾸는 게 간단해보이겠지만 시스템 근본부터 뜯어고쳐야 한다니까요. 서버도 부족한데 새로 갖추려면 본부장님의 허가까지 받는 기간을 고려해야 한다고요. 인력이야 말해 뭐해요. 이전에 요청해주신 건들도 다 급하다고 하셨잖아요. 지금 그쪽에 투입돼 있는 인원 빼서 이쪽으로 돌려야 하고 그렇게 제일 먼저 시작한다고 쳐도 아삽ASAP 3개월은 걸려요. 당연히, 기존 요청 건들이 홀딩되는 건 알고 계실 테고요."

메일이나 전화로는 실랑이만 계속되니 대면 미팅이라도 할라치면 담당자들은 피곤에 찌든 얼굴로 설명하곤 했다.

회의실을 나올 때면
‘그래서 누가 뭘 어떻게 책임지겠다는 것인지’라는
의문점만 남았다.

그러나 한편으로는 다행인 일이었다. 지금은 사람을 '갈아 넣어야만' 하는 단순 업무를 곧 시스템이 모두 처리할 수 있게 될 것이라는 꿈을 품었으니까.

그렇다면 지금처럼 많은 인력도 필요 없을 것이다. 몇 차례의 구조조정이 있을 때 좀 더 '창의적'이고 '인간다운' 기획을 할 수 있는 소수의 인원만이 살아남을 것이다. 그리고 '인간'만이 할 수 있다고 여겨지는 '기획' 업무조차 AI로 대체되는 것도 시간문제였다. 그렇다면 나의 직업 수명은 얼마나 남은 것일까?

시한부 인간의 필살기

얼마 전, 아주 오랜만에 맥도날드를 찾았다. 그런데 세상에! 주문받는 사람이 없었다. 모든 주문은 키오스크가 받고 있었다. 키오스크 한두 대 정도 구색처럼 갖춰둔 매장은 많이 보아 왔지만 그래도 주문받는 역할은 주로 사람의 몫이었다. 직원들은 다른 일로 바빠 보였고 비어 있는 키오스크는 3대나 되었다. 줄줄이 늘어선 빈 키오스크를 무시하고 대면으로 주문을 하자니 직원들의 눈치를 못 견딜 것 같았다.

키오스크 앞에서는 매번 긴장이 된다고 할까 괜히 주눅이 든다. 그럴수록 익숙하고 능숙한 척 1초라도 빠르면서 동시에 여유 만만하게 터치하려고 허세를 부린다.

꽤나 자신만만하게 마주했던 키오스크 앞에서 나는 고장 난 인간이 되어버렸다. 손은 엉뚱한 곳을 헤맸다. 화면은 어느 장단에 춤춰야 할지 몰라 앞뒤로 왔다 갔다 하며 짜증을 냈다. 어느새 사람들이 뒤에 줄을 서기 시작했다.

쓸데없이 커다란 스크린은 '세상 사람들아, 이 바보 좀 봐라'라며 조롱하는 것만 같았다. '더블에그 불고기버거'를 선택했더니 세트로 할 것인지 물으며 내게 되려 패를 넘겨 왔다. 당연히 그렇다고 했더니 진의를 의심하듯 되물었다. 100원을 더 내면 모차렐라 치즈스틱을 먹을 수 있고, 500원을 더 내면 '맥플러리'로 업그레이드도 되는데 진짜 '더블에그 불고기버거 세트로 주문하고 후회하지 않을 자신 있어?'라고 몰아붙여 왔다. '이봐, 내 걱정일랑 말라고. 내가 원하는 건 단순한 더블에그 불고기버거 세트야. 늘 먹던 거. 클래식한 감자튀김과 콜라면 돼'라고 기계를 상대로 말해 뭐하겠는가. 기계는 질세라 더 추가할 것이 없는지 물으며 여러 가지 사이드 메뉴를 띄워 댔다.

나도 모르게 불현듯 '혹시 지금 가스라이팅이라도 당하는 중인건가?'라는 생각이 들었다.

기계는 놀리듯 혀를 쭉 뽑아내며 번호표를 내주었다. 그 순간

몇 세대는 더 뒤처진 듯한 기분이 들었다. 결국 감자튀김 대신 모차렐라 스틱이 나왔지만 대꾸 한마디 못 한 채 그저 얌전히 먹어치울 수밖에 없었다. 아이러니하게도, 지금은 대면 주문보다 키오스크 주문이 더 마음 편하다.

비단 키오스크뿐만이 아니다. 대세를 따라 개헤엄이라도 치지 않으면 바보 취급받을 것 같다. 그래서 자존심을 다칠 것 같은 기분을 아는가.

서핑을 즐기는 화려한 무리 앞에서는 네 발로 물장구치는 그 우스꽝스러운 몸짓마저 치장하게 된다. 몰라도 아는 척하고 늘 겪어온 일인 척하며 사실은 서툴게 천천히 배워가는 중이다. 이제 막 디지털 마케팅에 입문했을 뿐인데 수년 내 AI가 나의 자리를 대체할 것이 분명해 보인다. 적지 않은 나이이지만 앞으로 수십 년을 더 살아가야 한다. 이제 와 무엇을 어떻게 준비해야 하는 걸까? 앞으로 10년 후, 나는 무얼 하며 살아야 할까?

바보야, 문제는 AI가 아니야

그러고 보니 문제는 AI가 아니라 나였다. 10대 시절 이후 진로에 대한 명쾌한 해답을 얻은 적이 있었던가? 과연 지금 이대로 괜찮은 건지 의심하지 않은 적이 있었던가? 무엇을 해야 비로소 내게 맞는 업을 찾았다며 만족할 수 있을까? 앞으로 10년 후, 나는 무얼 해서 먹고 살아야 할까? 20대, 30대에도 나는 항상 같은 고민을 했다. 진로에 대해 생각할 때면 수많은 물음표 사이에서 길을 잃곤 한다.

당장의 안정이 좋을 때도 있었다. '지금만큼만 벌면서 평생을 이렇게 지냈으면 바랄 게 없겠다'라고 생각한 때도 있었으니까. 사실 그 마음은 안주에 더 가까웠다. 변화란 두렵고 예측할 수 없는 것이다.

'안주하고 싶다'와 '변화하고 싶다' 사이의 어디 즈음에서 고민하는 중에도 새로운 흐름은 계속 들이닥쳤다. 조류에 실려 넘어오다 보니 자연스럽게 지금의 자리에 이르게 되었다. 큰 파랑 하나를 넘기가 무섭게 4차 산업혁명의 물결이 몰려왔다. 어째 넘긴 넘어야겠는데 어떻게 가야 할까?

'10년이면 강산이 변한다'라는 옛말이 틀린 게 하나 없다. 다음 10년은 또 얼마나 달라질까. 이런 분야에 대한 전문성이 없으니 감히 논할 수는 없다. 지식을 갖춘 어떤 이는 유토피아를 상상하고 또 어떤 이는 디스토피아를 상상한다. 그러나 AI와 함께하는 미래는 완벽한 천국도 완벽한 지옥도 아닐 것이다. 만물의 이치가 그렇듯 좋은 면과 나쁜 면이 있지 않을까. '문명의 이기'를 얻는 대신 많은 것들을 잃은 지금의 기계 문명처럼.

노동은 차츰 AI로 대체되어 가겠지만 그 길목의 끝자락에는 결국 인간성이 남을 것이다. 감정이든 지혜이든 인간 안의 '핵' 만큼은 대체될 수 없다고 믿고 싶다. 전통과 장인, 낭만과 감성 같은 것들은 멸종하지 않을 것이다. 이 '핵'들은 마치 희소한 광물처럼 그 가치가 곱절로 올라갈지 모른다. 섬세하게 조작한 필압이 느껴지는 필경사의 필체, 붓자국 하나마다 작가의 고민과 상상을 담은 그림 등 소위 '아날로그 방식'이 한층 더 귀해지고 있는 시대가 아닌가. 사람이 품고 사람만이 품을 수 있는 것들을 당연하게 누리던 시절이 새삼스럽다. 마음과 마음 사이에서 탄생하는 어떤 일들은 결코 AI가 대신할 수 없다.

디지털 시대에 어떻게 살아남을 것인지 묻는다면 아직은 방법을 잘 모르겠다. 여태껏 어설픈 포즈조차 잡지 못한 상태이다. 지피지기면 백전백승이라는 말이 있듯 두 눈 부릅뜨고 시류를 지켜보는 수밖에 없다. 동시대인들과 앞서거니 뒤서거니 하며 다음 물봉우리로 옮겨 가보려 한다. 기왕이면 파도를 희롱하는 법과 즐기는 법

나의 직업 수명은 얼마나 남은 것인지
날마다 셈하지 않은 적이 없다.

도 알았으면 좋겠다. 새로운 시대를 잘 타고 싶으니까.

그리고 희소식

본격적인 AI 시대가 도래한다면 현재 존재하는 직업 중 약 50%는 사라질 것이라고 한다. 그러나 내 생계 수단이 사라질까 봐 걱정하기에는 아직 이르다. 미래학자 토마스 프레이에 따르면 미래의 일자리 중 60%는 아직 만들어지지도 않았다고 한다. 나의 새로운 직업은 무엇이 될지 사뭇 기대된다.

CHAPTER — 13

시간의 가속도

시간 위를 달리다

10년의 상대성에 대하여

2020년, 주식 시장의 활황으로 해외 주식 투자 열풍까지 일었다. 굳이 마케팅하지 않아도 절로 수익이 났으므로 회사 분위기는 매우 훈훈했다. '지금 썩 잘하고 있다'라는 착각에 빠져 연일 자축하는 분위기였다. '코스피 3000선' 돌파를 목도 하며 한동안 다른 활로를 잊고 지냈다.

당시 서점 진열대와 베스트셀러 자리는 대부분 주식과 해외 투자 관련 서적이 차지하고 있었다. 특히 이제 막 주식에 입문하는 '주린이'를 위한 서적들이 즐비했다. 웬만한 종목의 하루 수익률이 두 자릿수였으니, 너도나도 꿀단지에 빠진 개미가 되었다. 급기야는 최대의 대출까지 받아 주식에 투자하는 이들이 생겨났다. 그러나 고점을 찍은 뒤 거품이 터지기 시작한 것은 그해 말 즈음이었다.

투자의 쏠쏠한 맛을 본 이들은 이제 다른 돈줄을 탐색하기 시작했다. 그해 경제 부문의 다크호스는 단연 디지털 관련 서적들이었다. '메타버스, 'NFT', '암호화폐' 그리고 '부캐'를 만들어 수익을 다양화하는 '프로N잡러' 등. 1년이면 새로운 트렌드가 등장하는 소위 상전벽해의 시대였다. 내게 주어진 시간이나 에너지가 모두 뱁새 수준이라 막상 배우려고 해도 가랑이가 찢어질 판이었다.

시대를 거듭하며 변화하는 사회 양상은 '우주팽창'과 닮은 구석이 있다. 문과 출신인 내가 우주 이론에 대해 이러쿵저러쿵하는 것이 좀 민망하지만.

초등학생 때 대전 큰집에 놀러 가면 '국립중앙과학관'에 자주 들렀다. 먼지가 쌓일 정도로 항상 그 자리에 놓여 있는 전시물들을 아무리 쳐다봐도 질릴 줄 몰랐다. 과학관 한편에는 자그마하고 빨간 우체통이 놓여 있었다. 과학에 대한 궁금증을 적어 '과학자'에게 직접 편지를 부치는 코너였다. 나는 주저 없이 늘 달고 살던 궁금증을 또박또박 써 내려갔다. '우주의 끝은 어디이며, 그 바깥에는 무엇이 있나요?'라는 질문이었다. 이후 매우 친절한 어느 과학자께서 몇 장씩이나 되는 기다란 답신을 보내주었다. 어린 내가 이해하기에는 난해했지만 '우주는 계속 팽창하고 있으며 그 끝은 없다'라는 내용 정도를 기억하고 있다. 이름 모를 그 과학자의 답변은 결코 헛되지 않았다. 우주가 계속 커진다는 말이 신기해 하늘을 자주 올려다보며 상상의 나래를 펼치기 시작했다. 그리고 궁금증이 생길 때마다 스스로 답을 찾아보기에 이르렀다.

사실 지금도 우주의 팽창이론을 이해하는 것은 어렵다. 우주 공간이 팽창함에 따라 모든 은하는 서로 멀어지고 특히 서로 간의 거리가 멀수록 멀어지는 속도도 증가한다는 정도만 알고 있다.

우주의 별들이 서로 더 빠른 속도로 멀어지는 것처럼 시간의 흐름도 점점 가속도를 높여 가는 것 같다. 같은 10년이라도 과거 기점에서 멀어질수록 세상은 더 빨리 변한다. 정보 교환 수단은 편지, 전화, 인터넷의 순으로 진화해왔다. '더 많은 사람'에게 '더 많은 정보'가 '더 빠른 속도'로 전달되고 있다. 기존의 무한한 정보들은 가공과 변이를 통해 기하급수적으로 많은 양의 새로운 정보를 탄생시킨다. 그리하여 각 세대가 체감하는 '30년'은 서로 다른 길이가 아닐까 싶다.

Z세대는 스마트폰 없는 삶을 상상도 못 하지만 스마트폰이 대중화된 지는 겨우 10년 정도밖에 되지 않는다. 휴대폰 자체가 대중화된 시기는 스마트폰 이전의 10여 년 전에 불과하다. 10년을 한 번 더 거슬러 올라가면 1990년 전후인데 이때는 출입국조차

젠체하지 않고
나의 속도로 걷는 걸음이 가장 자연스럽다.

자유롭지 못했다. 믿기 어렵겠지만 당시 우리나라는 UN 미가입국이었다.

2010년, 프랑스 보르도 지역 출신의 친구가 한국을 방문했다. 당시는 프랑스인 대부분이 아직 한국이란 나라를 잘 몰랐다. 그나마 알고 있는 이들조차 '내전 국가' 방문은 위험하다며 한국행을 필사적으로 말렸다고 한다. 기어코 한국행을 선택한 모험심 강한 내 친구는 한국에 '요거트'가 있는 것을 보고 엄청나게 놀랐다. 나는 자존심이 상해 현대적이면서 시대를 앞서가는 한국의 문화를 접하게 해주었다. 내가 소개한 것들에 크게 놀라는 친구를 보니 만화《검정 고무신》에 나오는 것처럼 전쟁 후 경제적으로 궁핍한 한국을 생각하고 온 것 같았다.

그로부터 불과 10년이 지났다. 세계 속 한국의 인지도는 급격히 상승했다. 수많은 외국인이 한국의 문화를 즐기며 우리와 공감대를 형성하고 있다. 내가 좋아하고 재밌다고 느끼는 영상이나 음원을 해외 친구와 실시간 공유하고 있다. 각종 'MADE IN KOREA' 콘텐츠뿐만 아니라 5G가 한국의 인지도 격상을 위해 '열일'한 셈이다.

허둥지둥 대세를 따라가다 보면 가끔 과거 감성이 그리워진다. '무드셀라 증후군'이라는 말도 있지 않은가. 나쁜 기억은 잊고 좋은 기억만 회상하면서 추억에 젖고 싶을 때가 있다. 그때가 좋았는데 싫은 아련함이 밀려온다.

넷플릭스를 뜨겁게 달구었던 드라마 <오징어 게임>에는 과거 어린아이들이 주로 했던 게임들이 등장한다. 내가 어릴 적만 해도 구슬치기를 했다. 숨바꼭질, 달고나 뽑기, 공기놀이와 고무줄놀이도 즐겼다. 요즘엔 그런 놀이를 하는 아이들이 거의 보이지 않는다. 시대가 변했으니 당연한 일이다. 놀이문화조차 함께 공유할 수 없음이 아쉬워진다.

밤늦게 무심히 TV 채널을 돌리다 보니 어릴 적 재미있게 본 드라마 <한지붕 세 가족>이 방영되고 있었다. '레트로 감성'에나 한껏 취해보자는 심정으로 보기 시작했는데 참으로 저렴한 감상일 뿐이었다. 10분도 채 지나지 않아 인물과 서사에 감정 이입하기가 점점 어려워졌다. '입장을 바꿔본다면'이라는 계몽적인 제목의 에피소드였는데 시어머니는 며느리를 훈계하고 구박하는 존재로 등장했다. 며느리는 응당 그에 순종하는 것을 당연시했다. 그 시어머니가 '본인의 시어머니'로부터 똑같이 구박받는 모습을 지켜보며 며느리들이 아주 통쾌해하는 내용이었다. 나는 '글쎄' 하는 표정으로 고개를 갸우뚱했다. 고부 관계뿐 아니라 부당하게 느껴지는 또 다른 수직 관계가 여럿 등장하는 걸 보며 짜증이 나기 시

0점에서부터 100점에 이르는 자존감 점수라도 있는 것 같다.
높은 자존감이란, 소수의 사람에게 허락된
인격적 성공일지도 모르겠다.

작했다. 끝내는 드라마가 오히려 그렇게 사사건건 트집 잡을 거면 '보지 마!'라며 나를 현실로 내동댕이쳤다. 그제서야 나는 푸르르 고개를 흔들며 정신을 차렸다.

불과 2, 30년 전이다. 그 시대를 살았던 내가 느끼는 문화의 괴리가 이렇게 큰데, 거듭 가속 페달을 밟으며 진화 중인 지금의 어린 세대는 오죽할까. 어쩌면 세대 간 '공유'라는 것 자체가 욕심인지도 모른다.

시간의 지평선 너머

'사건의 지평선'이라는 흥미로운 용어가 있다. 우주가 팽창함에 따라 별들 역시 우리에게서 멀어지고, 거리가 멀어지면 멀어질수록 더 빠른 속도로 멀어지다가 어느 순간 관측 불가능한 지평선 너머로 사라지게 된다는 것이다. 블랙홀이 암흑인 것 역시 사건의 지평선으로 둘러싸여 있기 때문이라고 한다.

어쩌면 우리의 기억도 일부 그런 모양이지 않을까 싶다. 좋은 기억은 반짝이는 별로 남아 추억이 되지만 평점 이하의 그저 그런 기억은 빠른 속도로 뇌리에서 지워지는 것인지 모른다. 내가 살아낸 지난 시절의 아픔과 권태가 희미해지다 끝내 지평선 너머로 사라져버렸기에 지금 나의 우주가 이토록 아름다운 건 아닐까. 빛의 속도를 가늠해본다면 그 별조차 실체를 잃고 박제된 과거이니까.

변화의 속도가 너무 빨라 숨이 차기도 하지만 각 세대 나름대로 꾸준히 애쓰고 있다. 젠체하지 않고 나의 속도로 걷는 걸음이 가장 자연스럽다. 그런데도 전에 비해 제법 빨라졌다. 서퍼가 물마루를 넘듯 푸른 물결이 거칠면 거친 대로 높으면 또 높은 대로 파도를 타보는 중이다. 시대의 상승과 하강을 겪으며 맷집이 붙었다. 잔근육도 꽤 단련된 것 같다.

CHAPTER — 14

갑과 을의 병정놀이

계약직의 목줄은 누가 쥐고 있는가

믿었건만 계약 해지

2년 계약이 만료되던 날 회사에서 잘렸다. 팀장의 변명 아닌 변명에 따르면 한 임원이 나를 달가워하지 않았다고 한다. 타의에 의한 실직 상태라니. 앞으로 백만 원 정도의 실업 급여로 생계를 이어 가야 한다고 생각하니 막막했다.

계약직으로 나란히 입사한 동기 M은 정규직으로 전환되었다. 예쁘고 싹싹한 데다 업무에도 열심이고 유머 감각까지 갖춘 M이 있는 곳에서는 수시로 웃음이 터졌다. 친화적이고 상냥한 사람 옆에 있으면 상대적으로 그 옆의 누군가는 더욱 못나 보인다. M의 동기이자 같은 팀원, 같은 직급에 나이마저 같은 나는 늘 비교당하는 기분이었다.

나는 M에 비해 다소 고지식하고 융통성이나 재치가 없는 편이었다. 실수를 하더라도 M의 센스 있는 유머 한 마디면 좌중은 웃음바다가 되었다. '그렇지, 누구나 실수는 할 수 있는 거야'라고 왠지 모두가 납득하는 분위기가 되었다. 내가 같은 실수를 하면 힐난과 질책이 폭우처럼 몰아치던 것과는 대조적이었다.

입사 후 며칠 지나지 않아 커다란 택배 상자가 도착했다. M이 직접 제작했다고 하는 '굿즈'들이었다. 접착식 메모지, 필기구, 노트 같은 아기자기하고 예쁜 사무용품이었다. 팀원들뿐만 아니라 같은 층 모든 직원들이 우르르 몰려들어 왁자지껄하게 구경하며 감탄했다. 6층 전 직원들이 하나씩 나눠 가지고도 남을 만큼 양도 넉넉했다. M은 팀원들에게 3개씩 더 얹어주고 남는 것을 모두 나에게 줄 정도로 인심을 썼다.

초면에도 스스럼없이 다가가는 소탈한 성격의 M은 낯선 환경을 영 어색해하던 내게 유일한 기댈 곳이자 안식처가 되어주었다. 뻘쭘한 분위기에서 제대로 식사를 못 할 게 뻔한 상대와 점심 약속이라도 잡히면 나는 M의 팔을 꼭 붙든 채 막무가내로 잡아끌었다. M은 예전 직장에서의 에피소드와 무용담을 늘어놓으며 좌중을 웃기는 재주가 뛰어났다. 레퍼토리는 한정적이어서 나는 늘 같은 이야기를 여러 번 들어야 했다.

M처럼 싹싹하지 못할 바엔 일이라도 열심히 하자고 생각했다. 자료를 찾아달라는 팀장의 무심한 말 한마디도 놓치는 법이 없었다. 누구보다 재빠르고 깔끔하게 정리해서 제출했다. 기획서 작성이나 자료 정리 일도 윗분들의 기대에 어긋나는 일이 없도록 했다. 내게 교묘하게 떠넘겨지는 잔업들도 군말 없이 처리했다. M을 수장으로 한 TF팀에 굵직한 기획이 넘어가도 나는 나의 소임에 충실하면 된다고 스스로 다독이곤 했다. 개인에게 떨어진 기획 업무도 중요하므로 기한에 맞춰 마무리했다. 나는 어느덧 제일 일찍 출근하고 제일 늦게 퇴근하는 사람이 되었다. 고생이 많다며 옆 팀의 팀원들이 안쓰러워했을 정도였다.

그런데도 팀장은 유독 M만 편애했다. 같은 층의 모든 부서 사람이 눈치챌 정도였다. 여의도 증권가 직원들이 정기적으로 친목을 도모하며 향후 마케팅 방향 등 업계 정보를 공유하는 '증권사 마케팅 모임'에도 팀장은 M 혼자 참여하라며 따로 지시했다. 이 바닥에서 성공하려면 꼭 쥐고 있어야 하는 인맥과 정보의 황금 열쇠를 M의 손에 쥐어준 것이다. 아마도 M의 사교성을 높게 평가한 것이리라.

좀 서운했지만 나는 내색 없이 묵묵히 최선을 다했다. 평소 팀

"너무 잘하려고 애쓰는 모습도 부담스러워.
한 번에 성과 내려는 조급증 좀 부리지 마.
모두가 너를 채점하고 있다는 생각에서 벗어났으면 좋겠어."

장이 내 새끼들은 모두 정규직으로 전환시켜주겠다며 장담했기 때문이다. 하루는 유령처럼 끈질기게 따라다니는 저변의 불안을 M에게 이야기했다. 그런데 M이 단순한 선의로서 내 마음을 팀장에게 전달한 모양이었다.

다음 날 팀장이 빈 회의실로 나를 불렀다. 내 두려움을 가라앉혀 주기 위함이었다. 팀장은 걱정 안 해도 된다고 장담했다. 자신이 책임지는 것이니 정규직 전환에서 누락되는 일은 없을 것이라고 재차 확인해주었다. 이어 농담조로 계약서에 서명할 준비나 하고 있으라며 웃었다.

그로부터 3달여쯤 지났을까. 팀장은 회의실이 아닌 커피숍으로 나를 불렀다.

"미안하게 됐다."

아아, 지난 2년 동안 나는 얼마나 괴로웠던가. 이변이 있어도 '괜찮다, 정말 괜찮다'라고 다독이며 수백 번 가정해본 최악의 시나리오가 현실이 되어버렸다. 만에 하나 충격으로 내 존재가 산산조각나지 않도록 미리 그려본 그림이었건만 아무 소용없었다. 수없이 연습했던 후속 A, B, C 플랜조차 통하지 않았다.

어떤 말도 할 수 없었다. 솜사탕처럼 몽실몽실하고 보드랍기만 하던 내 말풍선의 머리채가 잡아 뜯겨버린 듯했다. 까맣게 반짝이던 동공은 까맣고 탁한 먹물처럼 그 빛을 잃고 멍하니 팀장의 목 부근에 닿아 있을 뿐이었다. 그 상황을 견디기 괴로웠는지 팀장은 계속 '쩝', '쯧'하며 멋쩍어했다. 심해로 천천히 가라앉는 정적 위로 하찮은 지푸라기 몇 닢이 떠다니는 환영을 보았다. 나는 필사적으로 그것을 잡아야 했다. 마지막 자존심을 짜내어 팀장에게 구차한 몇 마디를 주워섬겼다.

"팀장님, 저 홍보팀에서 일했던 경력이 있는데 혹시 부서 이동은 안 될까요? 그 팀에서도 채용 진행 중이라고 들었어요."

"……."

"외국어 전형은 없나요? 저 영어도 잘하고 중국어도 잘해요. 영미 지역, 중국 지역 전부 담당할 수 있으니, 해외사업팀으로 이동시켜주시면 전천후로 쓰실 수 있을 거예요. 실망시키지 않을게요."

"그게 그렇게 쉬운 일이 아니야. 차라리 다른 회사로 이직하는 편이 빠를 거야."

그렇게 30분쯤 침묵이 이어졌다. 마침내 나는 포기를 선언했다.

"팀장님, 저 때문에 이렇게 일어나지도 못하고 계시네요. 들어

가셔야죠."

"널 이렇게 혼자 두고 내가 어떻게 가냐."

기다렸다는 듯이 팀장이 벗어두었던 재킷을 걸치며 말했다.

"나, 간다. 너무 오래 멍 때리고 있지 마라."

이유도 묻지 않았다. 눈물 한 방울도 흘리지 않았다. 그날 나는 아주 오래도록 그 자리에 앉아 있었다. 봉제 인형처럼 미동도 없이. 그저 가만히 어느 곳도 바라보지 않은 채 앉아 있었다. 폐점 시간이 되어 아르바이트생이 물걸레로 바닥을 모두 닦아낼 때까지.

일머리 없음을 탓하는 이유

수기 작업이 문제였다. 우리 팀은 달마다 주식이나 다른 상품들을 거래하는 고객들을 대상으로 한 이벤트를 진행했다. 이벤트가 종료된 이후에는 이벤트 요건에 맞는 고객들을 추출해서 적절한 금액의 리워드를 지급해야 했다. 문제는 대상자들을 걸러내는 작업을 모두 엑셀로 진행해야 한다는 것이었다.

1단계, 지난달 500만 원 이상 거래한 고객들의 리스트를 내려받는다.

2단계, 이 중 임직원들을 걸러낸다.

3단계, 이벤트에 응모한 고객들을 추려낸다.

4단계, 다른 이벤트에 중복으로 응모한 고객들은 리워드 금액이 더 큰 이벤트에 응모한 것으로 간주하여 다시 추려낸다.

5단계, 남은 고객을 거래 구간별로 나눈다.

6단계. 거래 구간별 리워드 금액을 매칭한다.

이렇게 복잡한 모든 요건을 적용하고 나면 엑셀 시트는 벌써 2~30개가 되었다. 지급 대상이 수만 명인데 대상별 지급해야 하는 금액은 일일이 수기로 처리해야 했다. 최종으로 추려낸 대상자를 자동 지급 시스템에 업로드하는 것도 사람 손이 해야 했다. 시험지 답안을 밀려 쓰듯 대상자와 지급 금액이 어긋나기라도 하면 그야말로 대참사가 벌어졌다. 이벤트 사후 처리가 완료되면 늘 5% 내외의 누락이 발생했다. 이 누락 건들은 잘 챙겨두었다가 잊지 않고 반드시 익월에 지급해야 했다. 절대 잊어서는 안 됐다.

어느 날, 강성 고객 한 명이 CS센터에 전화를 걸어왔다. 내가 담당했던 이벤트를 신청했으며 거래 조건까지 만족시켰으나 응당 지급받아야 할 3만 원을 받지 못했다고 항의했다. 두 달 전에 누락되어 이미 컴플레인 접수가 되었던 건이라 이번 달에는 반드시 지급되었어야 했다. 하늘이 노래졌다.

직접 고객에게 전화했다.

"고객님, 안녕하세요. 저는 지난달 진행했던 종목 이관 이벤트의 담당자입니다. 지급 대상 중, 고객님께서 누락되었다는 사실을 방금 저희 고객 센터로부터 전달받았습니다. 진심으로 죄송한 말씀을 드립니다."

내 안에 축적된 정중함이란 정중함은 모두 끌어냈다. 사실 진심으로 반성하고 있었다. 나의 멍청함과 부주의함에 기가 질릴 정도였다. 잠시의 침묵이 이어진 끝에 상당히 냉정하고 침착한 목소리가 되돌아왔다.

"한 달 전에 전화했을 때도 죄송하다며 사과했잖아요. 이번 달에 꼭 지급하겠다는 약속을 믿고 저도 참았어요. 이쯤 되면 고객을 우롱했다고 생각할 수밖에 없습니다. 어떻게 된 일인지 설명해 보세요."

"전적으로 제 실수입니다. 리워드는 두 배로 지급해드리도록 하겠습니다."

"이봐요. 제 한 달 거래 금액이 최소 3천만 원입니다. 제가 고작

3만 원이 아쉬워서 이러겠어요? 어떻게 된 일인지 설명해보라고 말했습니다."

"지난달 누락된 건들을 이번 달 시스템에 입력하는 과정에서 재차 누락이 발생하였습니다. 꼼꼼히 살피지 못한 저의 실수입니다. 다시 한번 사과의 말씀을 드립니다."

"입력이요?"

순간 아차 싶었다.

"그러니까, 계좌 지급 시스템이 수기라는 말씀이신 거죠? 금감원 신고감이군요. 허, 참. 잘 되었습니다. 고객 우롱에 수기 입력이라니. 금융사 시스템이 이래서야 믿고 거래하겠습니까? 몇천씩 오가는 주식 거래 시스템도 이런 식입니까? 금감원에서 조사할 필요가 있겠군요."

말문이 막혔다. 공포에 질린 눈에서 눈물이 흘렀다.

"고객님, 회사 시스템 전체가 그런 것이 아니고 단지 일부 이벤트에 국한된 것입니다. 자동 시스템에서 누락된 건에 대해서만 수기로 지급을 하고 있습니다."

뱉은 말을 무마하고자 말을 바꾸었다. 변명한다는 생각이 들었는지 고객의 분노는 절정에 달했다. 나는 눈앞에 보이지 않는 '고객님'을 향해서 무릎을 꿇었다. 나오는 대로 아무 말이나 주워섬졌다.

"고객님, 금감원 신고만큼은 하지 말아 주시길 부탁드립니다. 저는 계약직 직원입니다. 이번 건으로 계약이 해지되면 저는 실직 상태가 됩니다. 어렵게 잡은 직장입니다. 제발 한 번만 부탁드리겠습니다. 신고하시더라도 달게 받겠습니다만, 전적으로 저의 책임입니다."

한없이 납작 엎드렸다. 하지만 숨죽인 울음소리가 비집고 나오는 것은 막을 수가 없었다.

"어처구니가 없네요. 지금 고객을 협박하는 겁니까? 프로다운 행동이라고 생각합니까? 3일 내로 금감원에 민원을 넣을 것이니 처분이나 기다리고 계세요."

금감원 민원은 없었다. 회사에 대한 조사도 없었다. CS센터 담당 직원의 말에 따르면 해당 고객은 3만 원을 입금받기로 했으며, 사안에 대해서도 제법 너그럽게 용서해주었다고 한다. 그런데 CS센터에 소문이 난 모양이었다. 초보적인 실수와 구차한 변명은 직원답지 못한 행동이라고 했다. 전화할 당시의 내 간절함은 어디에도 통하지 않았다.

팀장의 호된 질책도 피할 수 없었다. 날붙이라도 삼킨 기분으로 회의실을 떠나려던 순간 앉아 있던 의자를 보니 피로 흥건했다. 하혈이었다. 이미 스며들어버린 피를 지워내느라 물티슈 한 통을 다 쓰고도 모자랐다. 삼킨 날붙이가 몸을 가르고 내려왔나 하는 바보스러운 생각이 들었다. 만약 그런 것이었다면 차라리 후련한 일이었을 것이다.

팀장의 편애는 정당하다?

'너희 쌍둥이냐'라는 놀림을 받을 정도로 찰싹 붙어 다녔던 M은 제법 사회생활의 선배다운 충고를 해주었다.

"네가 총대를 메지 않았으면 좋겠어. 조직에 순응하면서 사는 법도 좀 배워. 나서서 따지다가 너만 독박 쓰지 말고. 최대한 몸을 좀 사리라고."

그녀는 이어서 말했다.

"너는 인상 자체가 총대 메는 이미지와 맞지 않아. 지금 너를 채용하려고 눈여겨보는 사람들은 너에게 순응하는 이미지를 기대하고 있다는 말이야. 스스로 챙길 수 있는 것은 챙기되 불합리한 것에 따지거나 위아래 할 것 없이 도발하지 마. 그건 너랑 어울리지 않아. 너무 잘하려고 애쓰는 모습도 부담스러워. 한 번에 성과 내려는 조급증 좀 부리지 마. 모두가 너를 채점하고 있다는 생각에서 벗어났으면 좋겠어."

팀장의 시도 때도 없는 지시에 허덕이던 팀원들은 이러다 죽네 사네 자조하며 함께 항의라도 하자는 분위기였다. 몰래 만든 채팅방에서 팀장을 희화화하며 업무 시간 내내 낄낄대곤 했다. 어느 날은 하나둘씩 엇갈려 퇴근을 한 뒤 삼겹살집에 모여 '이런 환상적인 팀원 조합은 없었지', '팀장 하나 미친놈인들 어때'라며 술잔을 부딪쳤다.

가끔 팀장과 대화라도 나눌라치면 묘한 위화감이 들었다. 그러고 보니 팀장은 팀원들의 지극히 '인간적이고 개인적인 부분'에 궁금함을 표하는 일이 없었다. 팀장의 대화 소재는 주로 자신의 지인과 위업을 과시하는 내용이었다.

새로운 팀원이 입사할 때면 눈을 반짝이며 마치 그 사람에게만 하는 이야기인 양 자신의 업적과 무용담을 늘어놓았다. 토씨 하나 틀리지 않은 레퍼토리를 반복하는 데도 싫증을 내는 법이 없었다. 본인의 이야기를 마치면 임무를 다했다는 듯 자리를 떴다. 팀원들은 이제 저 이야기만 스물세 번째 들었네, 나는 벌써 서른 번째를

채웠다며 앞다투어 조소를 터뜨렸다. 팀장과 실제 업무를 같이했던 이들에게 사실 확인을 해보면 이야기의 9할이 허풍인 것으로 드러났다.

회의 때면 이번 달 매출 120% 달성부터 시작하여 30분이 지나면 시장 점유율 1위를 차지하겠다, 홈페이지를 갈아엎겠다는 포부까지 팀장의 상상은 무한대로 뻗어나갔다. 그럴 때면 나는 '10분 후에는 우주까지 정복하겠네'라며 속으로 썩소를 날렸다.

그날도 팀원들은 채팅방에서 팀장의 흉을 보고 있었다. 팀장의 행동이나 말이 채팅방에서는 모두 바보스럽고 우스꽝스럽기 짝이 없는 모습으로 변했다. 나도 모르게 실소가 터지고 말았다. 시선이 닿는 듯하여 옆 눈으로 흘깃하니 이상한 낌새를 느낀 듯한 팀장이 내 쪽을 노려보고 있었다.

그날 팀 전체가 회의실에 소집되었다. 회의실 내부에 떠도는 공기가 사뭇 험악했다. 이글거리는 팀장의 시선이 나에게 꽂히는 순간 그가 내뱉었다.

"누구든 팀 분위기를 흐리는 사람은 내가 용서하지 않겠다. 그게 누가 됐든 말이야."

팀장이 자리를 비워 분위기도 느슨해진 그날 오후, 팀원들은 다시 커피숍에 집결했다.

"팀 분위기 흐리는 사람을 용서할 수 없으면 주먹으로 거울이라도 깨겠다는 말인가? 아니면 본부장실로 직진해서 본부장 멱치라도 날리겠다는 건가?"

M의 말에 팀원들은 자지러지게 웃으며 한 마디씩 앞다퉈 거들기 시작했다. 함께 웃고 말기는 하지만 모든 것을 농담거리로 폄하해버리는 M이 싫었다. 무거운 일들을 가볍게 만들어버리면 문제가 없어진다고 생각하는 것일까? 상처받은 마음이 아프다고 내색하는 사람을 '진지충'으로 폄하하는 것일까? 모든 것을 가벼이 여김으로써 혼자만 개운해지려는 것은 아닌가?

그녀의 옆에서 나는 언제나 '쿨' 하지 못했다. 속 좁고 기분 나쁘게 음울한 사람이 되고 말았다.

그러던 어느 날의 팀 주간 회의 시간이었다. 나는 업무 지시가 산발적이고 배분한 업무량도 너무 많아 모두 힘들어하고 있다며 팀장에게 따졌다. 이렇게 잔업이 많으면 중요한 업무들을 뒷전으로 할 수밖에 없다며 상황 좀 이해해달라고 가볍게 운을 띄웠던 것이 점점 격해졌다. 얼굴이 푸르러지다 못해 끝내 검붉어진 팀장은 길길이 뛰며 내 업무상의 흠이며 꼬투리를 다 잡았다. 나는 단

한 점의 살점도 남기지 못한 채 처참히 난도질당하고 말았다. 눈물이 콧물 되고 콧물이 가래처럼 된 점액질 인간 하나가 나이답지 않게 끅끅거리고 있었다. 다른 팀원들은 꿀 먹은 벙어리라도 된 양 말 한마디 거들지 않았다. 팀장이 자리를 박차고 나가자 팀원들도 머쓱한 표정으로 하나둘 말없이 자리를 떠났다. 회의실에는 나와 M 둘만이 남았다. 책상 위 고개를 묻고 서럽게 눈물을 터뜨리던 나와 함께 M도 같이 훌쩍훌쩍 울먹였다.

"너만 생각해, 너만."

계약이 만료되던 날, M은 나에게 이 한 마디를 남겼다. 이후, M을 포함해 '환상의 5인조'라 자칭하던 팀원들과 나 사이에는 단 한 통의 연락도 오가지 않았다.

끊어진 동아줄

나는 우물 안으로 끝없이 빠져들었다. 아래로 허물어질수록 하늘은 점점 더 작아지며 마침내 엄지손톱만 한 푸른 점이 되었다. '여기 사람 있어요!'라고 외쳐도 구해주는 이 하나 없었다. 계약직의 숙명을 어림짐작해야 했건만 팀장의 호언장담을 굳건히 믿고 있었다. 미련하기 짝이 없던 나를 향한 분노와, 회사를 향한 분노 사이에서 홀로 갈팡질팡하다가 제풀에 지쳐 나가떨어지곤 했다.

첫 출근하던 날부터가 문제였다. 주눅이 든 채 사무실에 빼꼼히 들어서던 내 모습이 기억난다. 직원으로서의 구색을 갖춘 것이 무색하게, 나는 내게 과분한 장소에 왔다는 듯 위축되어 있었다. 계약직이라는 세 글자 안에 스스로를 동그마니 가두었고, 그 테두리 밖의 세상을 만들어 동경했다. 정규직 직원들이 온몸으로 뿜어내는 안정감은 봄날의 태양보다도 푸근하게 느껴졌다. 계약 만료 이후를 보장받기 위해 고군분투했던 나의 시간이 겨울처럼 늘 뾰족하게 날이 서 있던 것과는 대조적이었다.

<해와 달이 된 오누이>라는 동화가 떠오른다. 호랑이에게 쫓긴 남매는 나무 위로 올라가 하느님에게 간절하게 기도한다. '우리를 살리시려거든 굵은 동아줄을 내려주시고, 죽이시려거든 썩은 동아줄을 내려달라'라고 빌었던 순간, 절망과 희망의 간극 사이에서 그들은 얼마나 떨었을까. 목숨줄을 붙들어 쥐기까지의 불안은 얼마나 극에 달했을까. 운명이 달린 동아줄이었다. 삶 또는 죽음이

모든 것을 농담거리로 폄하해버리는 M이 싫었다.
무거운 일들을 가볍게 만들어버리면 문제가 없어진다고
생각하는 것일까? 상처받은 마음이 아프다고 내색하는 사람을
'진지충'으로 폄하하는 것일까? 모든 것을 가벼이 여김으로써
혼자만 개운해지려는 것은 아닌가?

라는 처분을 순순히 기다리며 기꺼이 결과를 받아들여야 했다. 동화지만 가혹하고 냉정하다. 현실이나 매한가지이다.

비정규직에 관련된 법은 애매하다. 그럼에도 불구하고 그들의 애환과 설움, 불안과 초조함 따위는 법이라는 미명하에 합리적으로 묵살된다. 그러니까 치열하게 살란 말이야, 살아남고 싶거든 좀 더 유순한 태도를 보이란 말이야, 없는 능력까지 끌어내 도구로 삼으란 말이야. 수많은 채근 가운데서 홀로 담대해지는 일은 결코 쉽지 않다.

팀장의 위안은 한줄기 질기고 튼튼한 동아줄이었다. 그는 '너의 불안을 내가 안다'라는 위로와 언질을 떡밥처럼 던져대곤 했다. 그 떡밥 속에 낚싯바늘이 감추어져 있을 것이라고 굳게 믿었다. 입천장이 뚫리고 코가 꿰이더라도 감지덕지였다. 내 불안을 그의 호언이 잠재우고 내 걱정을 그의 장담이 불식시켰건만, 썩은 동아줄을 잡은 나는 영문도 모르는 채 툭 떨어져야 했다.

복수의 칼날은 무디다

'우울'은 자신만의 병이다. 같은 우울증 환자조차 서로 공감할 수 없으며 아픔을 나눌 수도 없다. 1천 명의 우울증 환자는 1천 개의 독특한 공간에 갇혀 있는 것이 아닐까 싶을 정도로 우울증은 당사자를 홀로 고립되게 만드는 병이다.

회사를 나온 뒤 일주일쯤 지났을까, 나는 자연스러운 수순을 밟듯 음독자살을 시도했다. 주변엔 그럴 만한 기색 없이, 문득 생각난 듯, 덤덤하게 자살하는 사람이 의외로 많다. 내 딴에는 살건 죽건 어느 쪽이든 상관없을 것 같았다. 혐오와 분노에 시달린 나머지 이제는 좀 쉬고 싶다는 마음만이 간절했다. 하얀색 수면제를 한 알 먹고, 주황색 진정제를 두 알 먹고, 나중에는 주섬주섬 아무 약봉지나 뜯어 무지개 빛깔의 갖은 약들을 삼켰다.

시간이 얼마나 흘렀을까. 가족의 신고로 경찰과 구급차가 출동했다. 나는 멀쩡하다는 것을 보여주고 싶어 벌떡 일어섰다가 이내 기절하고 말았다.

황급히 오가는 사람들 사이에서 몽롱히 생사의 경계를 넘나들었다. 심각한 얼굴을 하고 있는 사람들이 우스워 보였다. 폭신한 구름 사이를 까치발로 헤실대며 뛰어다니는 기분이었다. 콸콸 주입한 해독제만 벌써 몇 병째였다.

"잠들면 안 돼요!"

의사의 고함이 내 멱살을 잡아 삶의 맨땅 위로 몸을 패대기쳤다. 인생이 계속되고 있다니, 맙소사. 찬 바닥에 다시 두 발을 디딘 그날, 모 회사의 면접이 잡혀 있다는 사실이 떠올랐다. 퉁퉁 부은 얼굴로 허겁지겁 병원에서 뛰쳐나왔다. 넋 나간 말투로 더듬거리며 치른 1차 면접에서 탈락한 것은 당연한 일이었다. 밤새 죽음의 문을 두드리다 이젠 살겠다고 면접이라니, '생사일여'라는 어느 현자의 말씀이 농담처럼 느껴질 지경이었다. 하지만 당시의 자살 시도는 결코 허풍이 아니었다. 정말이지 될 대로 되라는 심정이었다. 회사를 향해, 그리고 팀장을 향해 겨누고 있었던 '복수'의 시퍼런 칼을 나 스스로에게 찔러 넣은 셈이다. 그러나 적개심이라는 칼날은 무뎠고, 회사나 팀장은커녕 내 증오심을 없애기에도 시원치 않았다.

그 후 정신과 폐쇄 병동에 반강제로 입원했다. 그 기간 내내 불면에 시달렸다. 밤이면 밤마다 새까만 어둠 속에 누워 얕은 잠과의 사투를 벌이는 것은 비할 데 없이 괴로운 일이었다. 까드득 까드득 신경을 긁는 소리가 들려올 때면 홀연 우주에 둥둥 떠 있는 듯했는데, 진공 속에서 지구를 바라보는 우주인이 된 기분은 몹시 기괴하고도 불쾌했다. 까무룩 선잠이 들면 눈앞이 온통 피 칠갑된 시뻘건 악몽에 놀라 다시 깨어났다. 내장이 말라붙은 소의 머리, 잘려나간 사람의 머리가 뒹구는 와중에 발 디딜 틈이 없었다. 새벽 5시 동틀녘이 되어 겨우 잠들면 그나마 다행이었다. 볕이 뜨거운 한낮에 깨어나면 식은땀에 젖은 머리카락이 이마에 착 들러붙어 있었다. 검푸른 늪 밑바닥에서 필사로 허우적대다 떠오른 듯 늘 축축하고 무거운 기분이었다.

물이 차면 차는 대로 낮아지면 낮아지는 대로 이리저리 쓸리며 심연의 시간을 견뎌냈다. 사는 모양새는 그저 먹는 것으로 발현되었을 뿐이다. 육신의 껍데기에 음식을 쑤셔 넣었지만 내장은 자꾸 밀어내기만 했다. 삼킨 것들이 명치에 납작하게 눌린 채 버티다 솟구쳤다. 간신히 아래로 밀려 내려가는 것도 있었다. 명치부터 배꼽까지 끊어버리고 싶을 만큼 고통스러웠다. 신경정신과 주치의는 이것이 공황 증세 중 하나라고 말했다. 해소되지 못한 설움들이 위장 속에 갇혀 '심신상관증상'으로 나타나고 있다는 것이다.

한 달 서른 밤이 아닌 하루 수천 번의 붉은 밤과 검은 밤이 나를 덮쳤다. 분주한 사무실에서 바삐 일하는 꿈을 꾸곤 했다. 그러나 그곳은 행인지 불행인지도 모를 무채색의 시공간이었다. 그저 납작하게 엎드려 숨죽인 이끼가 되길 바랐다. 그렇다면 나는 죽는 것일까 사는 것일까?

팀장에게 차마 전달하지 못한 편지가 있다. 이 편지 속에는 아마도 수많은 오해가 섞여 있을 것이기에 부치지 않고 그냥 두었다. 언젠가 이 편지가 그에게 가 닿기는 할까?

우리가 갑과 을의 놀이를 하고 있었다고 생각했지만 실은 병과 정의 놀이를 하고 있었던 것은 아닐까. 지금은 그 '병'의 건승을 진심으로 빌고 있다. 팀장과 나는 이제 진정한 남인가 보다. 삶의 어느 갈피에서 우연히 마주쳤을 때 서로의 이름이나 기억할 수 있을까? 함께 지구별에서 사는 동안 그 역시 모쪼록 잘 지내길 바란다.

CHAPTER — 15

너는, 범고래

결손 없는 사람은 없다

아빠 자리의 부재

남편은 아이 갖기를 두려워했다. '아버지'가 되는 부담감은 남편의 유소년 시절 경험에서 비롯된 것 같다. 남편은 '한부모 가정'에서 자랐다. '현실의 아버지상'을 경험해보지 못한 그는 새롭게 주어질 아버지라는 역할을 잘해낼 수 있을지 자신 없다고 했다. 여기서 남편의 어린 시절을 풀어 볼까 한다. 이제부터 남편을 L이라고 칭하겠다.

유년 시절의 L은 안심하고 쉴 만한 '품'을 가져본 기억이 없다. 돌을 채 맞이하기도 전에 부모님이 이혼했고 어머니는 아기를 안고 친정으로 돌아갔다. L의 외할머니는 딸이 한창 예쁜 스무 살 나이에 나이가 훨씬 많은 남자와 결혼한 것을 못마땅해했기에 그 남자의 핏덩어리를 더욱 거북스러워했다.

외할머니는 L의 어머니가 잠시 외출한 틈을 타 아기를 안고 친아버지 집을 찾았다. 그런데 집은 비어 있었다. 하지만 마음을 독하게 먹고 손주를 그 빈집에 두고 나왔다. 아기를 홀로 남겨둔 채 돌아서는데 자신이 처한 상황을 알아채기라도 한 듯 아기는 자지러지게 울어댔다. 하는 수 없이 외할머니는 급한 대로 아기를 안아서 달랬고 울음이 잦아들자 다시 눕혀둔 채 문을 닫았다. 아기는 다시 새되게 울어대기 시작했고, 마음 약한 외할머니는 수차례나 같은 과정을 반복하다 결국 못 이기는 척 아기를 안고 집으로 돌아왔다.

L은 외할머니가 자신을 보며 낮게 읊조리던 말이 기억난다고 했다.

"어째 저놈 새끼는 좋은 길 냅두고 물짠(물건의 질이 형편없거나 기대에 미치지 못하다는 뜻의 전라도 방언) 길만 밟고 다닐까 몰라."

어린 L의 생 앞에 놓였던 것은 바로 그 '물짠' 것들이었다. 생계를 잇는 것이 급했던 L의 어머니 즉, 나의 시어머니는 서울에서 일했다. L은 나주 외할머니 집에서 다섯 살까지 자랐다. 외할머니 본디 성정에 따른다면 애정이 끓었을 것이나 겉으로는 상당히 무뚝뚝하고 훈육에도 엄했다. 물건을 치우지 않으면 그대로 버려버렸고 밥을 먹지 않겠다고 떼쓰면 갓 지은 밥도 모두 버렸다. L은 마음 놓고 응석을 부리거나 무엇을 사달라고 졸라본 기억이 없다고 했다. 할머니가 과수원에 나가 계신 동안에는 오도카니 홀로 지냈다. 흔한 장난감 하나 가져보지 못했다. 밥을 그득히 먹어도 채워지지 않던 그 허기가 외로움인 줄도 몰랐다.

유치원 졸업식 날, L은 유치원까지 혼자 절반쯤 걸어가다 제 그림자까지 혼자인 게 싫어 그냥 돌아왔다고 했다. 여느 날과 같이 집은 텅 빈 채 조용했다.

이튿날, 졸업식에 참석하지 않은 L을 걱정한 유치원 선생님이 집을 방문했다. 선생님은 졸업 선물로 '고래 로봇'을 주었다. 난생처음 장난감을 가져본 L은 고래 로봇의 턱이 빠지고 꼬리가 떨어져 더는 고래 모습이 아닐 때까지 가지고 놀았다고 했다.

여섯 살부터 여덟 살이 될 때까지는 엄마와 함께 살 수 있어 L은 행복했다. 당시 미혼이던 외삼촌과 이모들도 한집에 같이 살아서 예전과 달리 사뭇 왁자하고 떠들썩한 분위기가 되었다. 외삼촌이 고등학생이던 시절, 그는 L에게 '들국화'의 노래를 가르쳐주었다. 자주 무등을 태워주었으며 그때마다 L에게 들국화의 노래를 몇 소절 불러 보라고 했다.

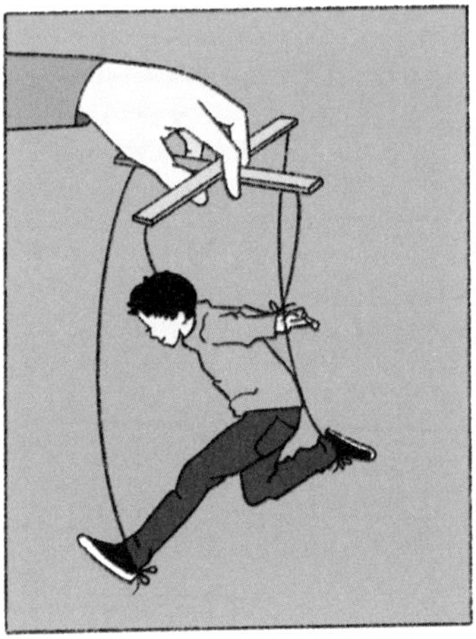

'결손 가정의 자식이니 의무적으로
흉터 몇 개쯤은 가지고 있어야 하는 것일까'라는 생각이 들었다.

“세상을 너무나 모른다고 나 또한 너에게 얘기하지. 조금은 걱정된 눈빛으로, 조금은 미안한 웃음으로.”

대학 졸업 후 외삼촌은 건축업을 시작했다. 외삼촌은 아직 어려서 짐이 될 법한데도 L을 데리고 전국 각지로 답사를 다녔다. 그리고 기타를 치는 법, 야구 규칙, 그림 그리는 법 등을 가르쳐주었다. 살면서 알아야 할 기본적인 지혜, 신뢰, 사랑 등 인간관계의 추상적 가치까지 모두 가르쳐준 사람도 외삼촌이었다. 외삼촌은 L이 잘못하면 엄하게 꾸짖었다. 그 꾸짖음에도 열정과 애정이 필요함을 L은 어렴풋이 알고 있었다. 훈계의 끝에는 늘 닳고 닳은 당부가 달렸다.

“애비 없이 자란 놈이라 저렇다는 소리만큼은 듣지 말고 살아야지.”

‘아버지 없는 아이’라는 낙인은 L이 태어난 순간부터 채워진 족쇄였다. 그 무게는 감히 가늠하기 힘들었다. L을 보살피는 외삼촌의 노력에도 불구하고 아버지의 빈자리는 채워질 수 없었다.

성인이 된 이후에도 L은 ‘아빠와 크레파스’라는 동요를 들으면 가슴 한구석이 먹먹해진다고 했다. '아빠'가 '크레파스'를 사주었다는 일상을 당연한 듯 무심하게 노래하는 그 동심의 순수한 믿음은 결코 L의 것이 되지 못했기 때문이다.

낙인찍는 사람들

L이 아홉 살 되던 해에 어머니는 재혼을 했다. 새아버지 집안에서 아이까지 받아들이지는 못해 어머니는 L의 존재를 숨겨야 했다. 그는 다시 어머니와 떨어져 지낼 수밖에 없었다.

L은 중학생이 될 때까지 외숙모집에 얹혀 지냈다. 새아버지와 어머니 사이에서 이부동생이 태어나자 어머니는 L을 아주 조금씩 뭍으로 꺼내 올렸다. L은 새롭게 꾸려진 가정에 머뭇거리며 스며들기 시작했다. 다행히 새아버지는 조용하면서 온화하고 품성이 선한 분이었다. L은 차츰 새아버지의 일가 친척집을 왕래하게 되었고 새로 생긴 사촌들과도 두루 친하게 지냈다.

그런데 어느 날, 친척 중 누군가 내뱉은 말이 비수가 되어 L과 그들의 연결 고리를 단칼에 잘라버렸다.

"핏줄이 어디 가나. 어찌 됐든 남의 식구잖아."

L은 왜 자신이 '결손'된 사람으로 취급되는지 궁금했다. '결손'이 왜 큰 결점이 되는지 알 수 없었다. '결손 가정의 자식이니 의무적

으로 흉터 몇 개쯤은 가지고 있어야 하는 것일까'라는 생각이 들었다.

L은 상처를 상처라고 부르지 않았다. 그러지 않으면 제 사지를 붙들고 있는 외줄들이 엉망으로 엉켜버릴 것 같았기 때문이다. 그래서일까, L은 엇나가지 않고 원만한 성인으로 자랐다. L의 어머니는 끝내 당신이 이혼할 수밖에 없었던 이유를 말해주지 않았다. L은 자신에게 일어나는 어떤 일들은 잠자코 받아들이는 수밖에 없다고 여겼다.

아버지가 되어야 하는 두려움

L은 친아버지의 부고를 받았다. L에게 '친아버지'의 의미가 무엇이고 어느 정도의 무게를 가졌는지 감히 추측할 수는 없다. 그에게서 몇몇 단편적인 이야기를 들었을 뿐인데 꽤 냉정한 사람 같았다. 중고등학교 시절 등록금도 낼 수 없을 만큼 집안 사정이 어려웠다. L은 고심 끝에 친아버지에게 주춤주춤 전화를 걸었고 어렵사리 돈 얘기를 꺼냈다. 하지만 아버지는 당신도 생활고에 시달리고 있다며 어물쩍 전화를 끊어버렸다.

L이 일곱 살 때였다. 어느 날 친아버지는 어린 L의 손을 잡고 목욕탕에 데려갔고 짜장면도 사주었다. 친아버지는 짜장면을 다 먹은 L을 억지로 차에 태웠다. '혹시 버려지는 건 아닐까'라는 생각에 무서워진 L은 차에 타기 싫다고 떼를 썼다. 그렇게 울고불고 기를 쓰며 억지로 사진관으로 끌려갔다. 그곳에서 L은 아버지의 무릎에 앉아 사진을 찍었고, 그 사진은 부자가 함께 찍은 유일한 사진으로 남았다. 사진 속 L은 시뻘건 두 눈이 퉁퉁 부은 채 부루퉁한 표정을 짓고 있었다. 그게 평생 친부의 지갑 속에 머문 L의 얼굴이었다.

임종을 앞둔 친아버지는 병상 곁을 지키던 당신의 친구에게 거듭 부탁했다고 한다. L을 봐야 하니 불러달라고. 안타깝게도 이 소식은 뒤늦게 L에게 도착했다. 그때 친아버지는 이미 돌아가신 후였다. 다행히 L은 친아버지의 가는 길목을 지켰다. 수목장을 거쳐 아버지는 조그마한 나무가 되었다. L은 손수 장례를 치른 것으로 자신의 도리를 다했다며 퉁명스럽게 뱉었다. 하지만 나는 L이 가끔씩 그 터를 찾는다는 것을 알고 있다.

나는 L과 함께 추모공원을 찾았다. 그의 아버지는 허리께 닿는 조그만 묘목의 모습으로 반겨주었다. 풀밭 위에 잠시 손을 얹는 순간 얽히고설킨 관계의 틈바구니에서, 실낱같은 숨결 한번 맘껏 뱉지 못한 어린 L이 떠올랐다. 그들의 관계를 잘 알지도 못하면서 주책맞게 눈물이 흘렀다. 세상 어느 자리도 L을 품어주지 않았지만, L은 제법 곁을 내어주는 사람이었다. 그가 쏟는 애정은 늘 충실하고 진심이 어려 있었다.

'L은 따뜻해지는 법을 어떻게 깨쳤을까?'

가끔 남편에게 물었다. 다시 태어나면 무엇이 되고 싶으냐고. 남편은 늘 범고래가 되고 싶다고 했다. 범고래는 바다 먹이 사슬 최상의 위치에 있어 백상아리조차 그에 대적할 수 없다고 한다. 육지동물이나 조류까지 이겨낼 정도로 무적이라고. 하지만 어찌 된 일인지 인간만큼은 절대로 공격하지 않는다고 한다.

온갖 거칠고 강한 적들도 모두 이길 만큼 단단하지만, 어떤 범주의 것들에게 한없이 무른 L은 이미 범고래인 것이 아닐까?

덧붙여 L에게 이 말은 꼭 해주고 싶다.

'세상에 당신이 생각하는 것 같은 '이상적인 아버지상'은 없어!'

CHAPTER — 16

모성이 필요해

타고난 엄마는 없다

엄마가 되기 전부터 엄마되는 게 무서웠다

모성애=죄책감

내게는 여섯 살 난 아들 둘이 있다. 자연 임신으로 가진 쌍둥이다. 다른 엄마들은 아이가 그렇게 예쁘고 소중하게 느껴진다는데 나는 그렇지 못했다. 임신 중에도 아무런 감흥이 없었고 태명 한 번 다정하게 불러준 적이 없다.

자연분만이 어려워 제왕절개로 낳았다. 수술 전 차가운 금속 침대에 벌벌 떨며 올라가던 때의 공포스러운 기억만 강렬하게 남아 있다. 마취과 의사 선생님께서 아이들이 태어나는 순간 깨어 있길 원하느냐고 물었다. 나는 질색하며 '아니요, 전혀, 원하지 않아요'라고 대답했다. 내 뱃속에서 사람 두 명이 나오는 모습을 보게 된다면 평생 충격에서 헤어 나오지 못할 것 같았다.

아이들은 35주 만에 미숙아로 태어났다. 쌍둥이 둘 다 호흡곤란 상태에 빠졌고 태어나자마자 병원 인큐베이터에 들어갔다. 태어나는 모습은커녕 약 2주 정도 아이들의 얼굴조차 볼 수 없었다. 딱히 보고 싶다는 생각도 들지 않았다. 남편이 가끔 사진을 보여주어도 '나는 낳고 싶지 않았어'라는 의미로 흘깃 보고 고개를 돌렸다. 2주 만에 비로소 아이를 안았을 때는 경악스럽기까지 했다. 묵직한 메모리 폼 인형 같은 게 뜨끈한 데다 소리까지 내고 있어서 너무 무서웠다. 내 손에 이 작은 '인간'들의 목숨이 달려 있다니. 세상에 맙소사 정말 아찔했다. 그냥 도망가고 싶었다.

뜻하지 않은 살인을 저지르지 않으려면 공부해야 했다. 시중에 있는 육아 서적들을 모조리 구입해 산후조리원 협탁에 쌓아두었다. 부적처럼 놓아두긴 했지만, 정작 읽을 의욕이 나지 않아 게으름만 부렸다. 산후조리원의 선생님들은 육아를 책으로 배운다며 놀리듯 내게 말했다. 한편으로는 '참 열의가 대단하시네요'라며 내 속도 모르는 칭찬을 했다. '교감 놀이', '정서 동요', '두뇌 발달' 등 산후조리원이 진행하는 온갖 클래스에도 참여했다. 하지만 어쩌자고 신생아 부모에게 상호교감과 정서에 관한 교육을 하는지 이해하지 못했다. 집에 돌아온 후부터는 어떻게 해야 하는 것인지, 내 몸은 어떻게 건사하고 정신은 어떻게 돌봐야 하는지도 알지 못했다.

고지받지 않은 과목의 시험을 앞둔 기분이었다. 책을 좀 더 열심히 읽었으면 달랐을까. 아니, 그렇지 않았을 것이다. 세상의 모든 육아 서적을 다 읽었어도 마찬가지였을 것이다. 인간사 모든 일과 마찬가지로 육아 역시 플로차트로 정리할 수 있는 성질의 것이 아니니까.

현실은 상상보다 절망적이었다. 그동안 마음껏 누리며 쓰던 자유, 시간, 돈, 또 그 이상의 일체를 포기해야 했다. 심지어 생리적인 요구까지도. 제발 10분이라도 느긋하게 잠자는 것이 소원이었다. 최소한의 욕구조차 빼앗아간 아이들이 원망스럽기만 했다. 비몽사몽 미쳐버릴 것 같은 정신으로 그해 갓 결혼한 동생에게 문자를 보냈다.

"너는 제발 애 낳지 마. 돈, 에너지, 시간, 모두 아껴두었다가 전부 너희 부부를 위해 써. 내 말 믿어."

계획하지 않은 일의 파장

계획된 임신이 아니었다. 회사를 이직한 지 겨우 반년이 되었을 뿐인데 임신이라니 눈앞이 노래졌다. 공표할 염치도 없었다. 어금니 악문 채 입덧을 버텨냈다. 업무 중 수시로 올라오는 욕지기를 화장실 변기 옆에 쪼그려 앉아 가라앉혀야 했다. 회의 시간에는 한 귀퉁이에서 납작하게 눌린 채 시들어가는 개나리처럼 노랗게 질려 있었다. 지하철역에서 내려 기절한 적도 있었다. 태중의 아이들도 내 눈치를 보는지 배가 보통 임산부보다 불러오진 않았다.

이직한 지 만 1년을 꼭 채우던 날, 덜덜 떨면서 임신 사실을 털어놓았다. 그때 어찌나 면목이 없던지 마치 죄인이라도 된 기분이었다. 임신했다고 유세 떤다는 말은 절대 듣고 싶지 않았다. 힘쓰는 일과 궂은일도 마다하지 않았다. 오히려 마지막에 사무실 불을 끄고 퇴근할 정도로 더욱 열심히(아니 미련하게) 일했다.

죽어도 '경단녀'만큼은 되고 싶지 않았다. 세상으로부터 버림받았으나 세상이 책임지지 않는 그 이름이 싫었다. 딩크족으로 지내자고 남편과 이미 결혼 전 합의한 상태였다. 임신 테스트기의 두 줄을 확인했을 때는 명치가 콱 막혀 눈물이 쏟아졌다.

'어떻게 하지, 어떡하나?' 아직은 '선택지'가 있긴 했다. 그러나 뱃속에 들어선 것이 쌍둥이인 것을 알고 그 극단적 선택지마저 포기했다. 하나도 아닌 두 생명을 지울까 말까 고민하는 것은 차마 못 할 짓이었다.

7, 8주 차쯤 되었을 때 절박 유산을 겪었다. 회사를 그만두고 입원하라는 강요 섞인 의사의 권유가 있었다. 하지만 그것만큼은 절대 안 된다며 서럽게 울었다. 하혈이 있던 날 새벽, 응급실에서 링거 한 병 달랑 맞고 태연하게 정시 출근을 했다. 제 어미가 언덕에서 수십 번을 굴렀어도 꿋꿋이 태어난 춘향이처럼 태어날 운명이면 태어날 것이라고 믿었다. 떨어질 운명이면 기침만 해도 떨어지겠지 했다. 이 와중에 남편은 눈치 없이 생명줄 단단히 붙들고 있으라는 의미의 '딱풀'과 '밥풀'이라는 태명을 지었다.

임신 중 아기자기한 꿈에 잠긴 듯한 기억이 전혀 없다. 신생아 양말 한 짝, 배내옷 한 벌 눈에 들인 적이 없다는 사실도 비밀 아닌 비밀이다. 뱃속 생명들이 마치 내 인생에 빌붙은 기생충 같았다. 눈치라도 챈 것인지 아이들은 자궁 가장 깊숙한 곳에 파고든 채 거의 움직이지 않았다. 주변의 누구 하나 태몽을 꾸어준 이조차 없었다. 매일 악몽만 꾸어서 혹시 어딘가 불편한 아이가 나오는 건 아닌지 내내 공포에 시달렸다. 나는 끝까지 이기적으로 생각했다. 제발 여기에서 더 이상 내 앞길을 막지만 말아 달라고.

"너는 제발 애 낳지 마. 돈, 에너지, 시간, 모두 아껴두었다가
전부 너희 부부를 위해 써. 내 말 믿어."

그럼에도 불구하고 막상 아기를 낳으면 모성이란 것이 조금은 생기지 않을까 막연히 기대했다. 하지만 아이를 안고 성모 마리아처럼 살며시 미소 짓는 일은 내게 일어나지 않았다.

언론에서는 모성은 천성이 아니며, 아이의 성장과 동반해 자라나는 것이라고 격려한다. 아이의 행복만큼 엄마의 행복도 중요하다며 새내기 엄마들의 마음을 달래준다. 나에게도 모성이 자라나길 기대하며 꼬박 몇 년을 보냈다. 그마저도 5분 대기조 신세로 지낼 수밖에 없었지만. 슬슬 모성이란 싹이 머리를 내밀어야 할 텐데, '엄마'라는 깍지가 영 어색하고 갑갑한 것은 여전했다. 아이의 꽃잎 같은 하품도 어깨를 짓누르는 철근처럼 무거웠다. 내가 엄마라니 손발이 오그라드는 것 같았다. 어느 날, 나는 완전히 패배를 선언하며 남편에게 말했다.

"못 하겠어. 애들 어디 맡겨놓고 우리 여행 가자."

갓 세 살이 된 아이 둘을 친정에 떠맡기고 일주일 동안 해외 여행길에 올랐다. 4일째 되던 날, 친정엄마가 아이들의 동영상을 보내주었다. 동영상 중간 즈음 현관문 열리는 소리가 들려왔다.

"엄마 왔다!"

한 아이가 눈을 반짝거리며 엉거주춤 현관을 향해 포동한 엉덩이를 들어 올렸다.

"엄마는 안 와!"

그러자 다른 아이가 '꽥' 하고 신경질적으로 소리를 질렀다. 새된 호통 소리에 놀라 둥그런 엉덩이를 들어 올리던 아이가 털썩 주저앉았다.

영상을 본 순간, 아차 싶었다. 아이들에게 평생 복구되지 않을 트라우마가 생긴 건 아닐까? 하지만 이내 '괜찮아, 귀국해서 좀 더 애정을 쏟으면 돼'라고 생각했다. 귀국하자마자 아이들을 번쩍 안았으나 아이들은 고개를 있는 힘껏 비틀며 외면했다. 어르고 달래도 마찬가지였다. 아이들이 삐졌다며 남편과 깔깔대며 웃었다. 며칠 못 본 탓이려니 생각하며 괜찮아질 거라고 믿었다. 예고 없는 7일의 부재가 부모를 향한 아이들의 애착과 신뢰를 미묘하게 어그러뜨려놓았다는 것을 그때는 몰랐다.

어느 즈음인가, 아이들에게서 이상 징후가 포착되었다. 아이들이 나와 남편에게 애착을 표현하는 일이 없어졌다. 가끔 마주치는 시선에도 의미가 담겨 있지 않았다. 걱정된 나머지 아동심리상담사를 찾아갔다. 상담사는 아이들의 긴장과 스트레스가 위험 수준이라고 했다. 그리고 '자폐스펙트럼'이 아닌지 한동안 지켜보아야 한다는 소견을 전했다.

아이와 놀아주기의 정석

짧은 시간이라도 아이와 함께 놀아주며 마음을 교류하는 것이 중요하다고 했다. 말이야 쉽지 정작 어떻게 놀아줘야 할지도 몰랐다. 그럴 만한 체력도 못 되었다. 한 시간쯤 놀아줬나 싶으면 겨우 5분이 지나 있었다. 나는 '놀 줄 모르는 사람'이었으니 그럴 만도 하다. 나에게 있어서 놀이는 비생산적이자 비실용적인 것이었다.

내게 '소득 없는 일'은 낭비이고 사치였다. 어쩌다 짬이 나서 쉬게 되면, 다음 노동을 위해 충전하고 있는 것이라며 애써 스스로를 설득했다. 생존을 목적으로 삼지 않는 일은 내게 있어 죄다 쓸데없는 것이었다.

"지구는 왜 돌아요? 용암은 왜 뜨거운 거예요?"
"그게 말이지, 그건 원래 그냥 그래."

아이들의 어휘량이 기하급수적으로 늘어났다. 더불어 세상 모든 것에 호기심을 품고 질문을 퍼부어댄다. 나는 아이들이 하는 질문에 대부분 '그건 원래 그냥 그래'라고 대답한다. 집요하게 파고들 것을 생각하니 귀찮았다. 나 자신 역시 언제부터인가 모든 것을 그냥 원래 그런 것이라고 받아들이게 되었으니까. 안 그래도 복잡한 인생 그렇게 생각하는 쪽이 더 편리하고 효율적이었다. 밤하늘의 빛나는 것을 보고 저게 인공위성인지 별인지 딱 그 정도까지다. 그게 별이면 '아, 별이구나'라는 정도까지. 달은 어떻고 별은 어떻고가 아니라 그저 달은 달이고 별은 별이었다.

어느 날 들른 서점에서 어릴 때 좋아하던 '부루마블'을 보았다. 사볼까 잠시 망설이다가 2만 원이라는 가격표를 보고 아깝다는 생각이 들어 내려놓았다. 다시 '2만 원어치의 이득이 있을까'라고 생각하며 한참을 만지작거렸다. 놀이는 무슨? '1분'의 시간을 효율적으로 써서 '가치 있는 무언가'를 생산 해내야 한다는 강박관념을 떨쳐낼 수 없었다.

"아, 밥벌이의 지겨움! 우리는 다들 끌어안고 울고 싶다."

노란 담요에 궁서체로 쓰인 이 글귀를 보고 자지러지게 웃었던 적이 있다. 김훈 작가의 산문집 《라면을 끓이며》를 홍보하기 위해 만든 사은품이었다. 그러게, 고작 라면 한 끼 먹자고 이 발악을 하는 건가 싶어 옆자리 동료를 끌어안고 펑펑 울고 싶었다. 회사 대표의 사업이나 불려주는 나 같은 월급쟁이들이야 그렇다 쳐도 오롯이 자신의 발상으로 창작해내는 사람들의 밥벌이는 과연 신성할까? '폴 오스터'라는 작가가 쓴 《빵 굽는 타자기》에는 이런 구절이 등장한다.

"돈이 열리는 나무 주위를 돌면서 춤추라는 부추김이 거듭되었다. 사람들은 남에게 뒤처지지 않으려고 발버둥 치다가 발작적인 정신착란으로 픽픽 쓰러져 죽어갔다."

평생 밥벌이나 하다가 끝나는 것이 인생이라면 그만큼 시시한 것도 없다. 어느 날 TV 프로그램을 멍하니 보다 뒤통수를 얻어맞은 기분이 들었다. 성악가 '조수미' 씨가 펼치는 자선 사업인 '휠체어 그네'가 소개되고 있었다. 그녀는 휠체어에 앉아 생활하는 장애 아동들에게 놀이의 경험을 선사하기 위해 휠체어와 함께 탑승할 수 있는 그네를 여러 곳에 설치했다고 한다. 가난에 굶어 죽는 아이들이나 병으로 고통받는 아이들을 도울 수도 있었을 텐데, 휠

나에게 있어서 놀이는 비생산적이자
비실용적인 것이었다.

체어 그네를 선택했다는 게 신선한 충격으로 다가왔다. 이어 여러 질문이 떠올랐다. ‘생존’을 최우선으로 돕는 것만이 숭고한 활동일까? 장애아에게 ‘놀이’란 감히 넘볼 수 없는 사치일까? 경험을 선물한다는 발상은 어디에서 시작되었을까? 못 해본 경험에 대한 갈망이 충족되었을 때 그 가치는 얼마일까? 아마 배부른 소리라고 살아갈 수 있는 것만으로도 감사하라고 생각하는 사람도 있을 것이다. 나도 처음엔 그렇게 생각했으니까. 하지만 사람은 밥을 먹기 위해서만 사는 것이 아니다. 놀이나 꿈도 인간이 누려야 할 가장 기본적이고도 숭고한 권리 아닌가. ‘우리는 빵을 원하지만, 장미도 원한다’라는 여성의 날 캐치프레이즈가 담고 있는 의미처럼.

쌍둥이가 노는 모양새를 가만히 지켜보았다. 놀랍게도 아이들은 하루에도 수백 번 넘게 별것도 아닌 일들에 새까만 눈동자를 반짝이며 깔깔댔다. 햇살이 부서지는 듯한 웃음소리를 들으며 내 속의 먼지가 씻기는 기분이 들었다. 과연 나는 아이들의 질문에 척척 답해줄 만큼 세상을 이해하고 있을까?

돌아보니 나도 나무에서 떨어진 송충이에 놀라 소리를 지르고, 롤러스케이트를 타고 수십 번 넘게 광장을 가로지르고, 해질녘까지 땅 따 먹기 놀이를 해도 지칠 줄 몰랐던 때가 있었다. 저녁 무렵

얼른 들어와서 밥 먹으라고 외치는 엄마의 목소리는 우리 세대가 공통으로 기억하는 '클리셰'였다.

몸이 늙어지는 것보다 마음이 늙어지는 게 더 슬프다. 만물이 그렇게나 선명하고 밝았는데 이젠 모두 희멀건한 안개에 싸여 있는 것 같다. 한때는 어떤 것을 얻고자 하는 욕망도 없이 발견해내고 배워 나가는 과정에만 오롯이 몰입했었다. 성공하려는 욕심 없이 그저 물아일체의 경지에 오르는 것 자체가 희열이었다. 제법 세상을 알게 되었다고 오만해진 순간, 총천연색으로 찬란하던 세계는 반짝임을 잃었다. '왜 사는가'에 대해 끙끙 고민하며 구덩이를 파고들기 시작했다. 슬슬 내려갈 차례라며 이제 잃을 것만 남았다고. 왜 먹지? 왜 벌지? 왜 살지? 어차피 죽을 텐데.

"엄마, 우리가 여기 있는 동안 엄마는 편히 쉴 수 있겠지요?"

언젠가 아이들을 친정집에 맡길 때 한 녀석이 이렇게 말했다. 아이들은 다 알고 있었구나. 모르는 척해도 모두 보고 듣고 느끼고 있었구나. 이 아이들은 벌써 내 품에서 떠나 제 갈 길로 훨훨 떠나갈 날을 준비하는구나. 아이들이 내게서 멀어져 갈 때 나는 과연 후회하지 않을 자신이 있을까. 지난 세월 듣지 못한 아름다운 말들을 듣는 '지금'은 내 생에 다시없을 순간이 틀림없다.

"엄마, 나는 하늘나라에서 왔어요. 하늘나라 사람들이 빨리 오라고 했는데, 전 좀 천천히 가려고요. 엄마 얼굴을 오래 보고 싶거든요. 그러니까 엄마, 운동 많이 하고 건강해져서 꼭 200살까지 살아야 해요."

나는 양손의 검지와 엄지로 사각형의 프레임을 만들었다. 프레임을 아이 쪽으로 향하고 입으로는 찰칵 소리를 냈다. 이걸로 지금 10초를 저장한 거야. 아이가 까르르 웃었다. 그러고는 떡잎 같은 자기 손도 서툴게 놀려 사각형 모양으로 만들어본다. 그 손을 내게로 향한 채 아이도 찰칵 소리를 냈다.

모성이란 게 따로 없구나. 내 눈앞의 너였다. 매일 조금씩 자라는 아이의 안에서 나의 모성이 자라고 있는 줄은 미처 몰랐다. 아이가 비추어주는 거울을 보며 나는 스스로의 '대견함'과 살짝 눈을 맞춘다.

CHAPTER — 17

춤추는 개구리

생과 사, 그 한없는 가벼움

노래하는 그릇엔 울림이 있다

나는 자주 불면에 시달린다. 잠들기 위한 노력의 일환으로 유튜브에서 각종 수면 유도 영상을 찾아 틀어놓은 채 잠을 청한다. 빗소리, 새소리, 백색소음 등 여러 가지 소리를 들으며 까무룩 잠들곤 한다. 그중 효과가 가장 좋은 것은 '싱잉볼'의 맑고 낮은 소리이다.

'싱잉볼'은 티베트 불교에서 사용하던 도구로 표면을 문지르거나 두들겨 울림으로써 파장을 만드는 금속 종의 일종이다. 싱잉볼을 치면 '웅' 하는 깊고 넓은 메아리가 울린다. 이 진동이 몸 안 세포까지 구석구석 전달되어 온몸을 이완시켜주고 마음을 평안하게 한다.

낮에 겪은 일련의 사건들로 마음이 심란하던 어느 날 새벽, 싱잉볼이 내는 저음의 깊은 파장을 내 손으로 쓰다듬으며 불안을 달래고 싶었다. 쇼핑 플랫폼을 통해 싱잉볼을 구입했다.

농후한 파장이 방안을 채우면 티베트 고원의 고요한 불교 사찰의 풍경이 눈앞에 그려진다. 사람의 단전에서 나오는 듯한 구성진 절규가 퍼지고 퍼져 가닿지 않은 곳 없이 닿고 다시 메아리 되어 돌아오는 듯하다. '옴~' 하고 끝없이 이어지는 울림.

고백하지만 나는 불교 신자가 아니다. 그러나 한때 불가의 철학에 깊이 심취한 적이 있다. 지금도 불가 철학은 내게 충분히 매혹적이다. 불교에 대한 막연한 동경은 대학 시절부터 싹트기 시작했다.

불교에 빠지다

'불교의 이해'는 대학 졸업을 앞둔 마지막 학기, 무작위로 고른 교양 과목이다. 담당 교수 이름은 '서명원'이었다. 이름만 듣고 한국인 교수인 줄 알았는데 아니었다. 강의 첫날 백인 한 분이 생활한복 차림으로 느긋하게 들어왔다. 강의실을 잘못 찾은 줄 알았다. 영어로 진행되는 강의라면 냅다 도망칠 기세로 한 발 빼고 있었는데 그는 이내 유창한 한국어로 자신을 소개하기 시작했다. 놀란 것은 그것뿐만 아니다. 불교 수업이니 당연히 스님일 줄 알았는데 사실은 '신부님'이었다. 프랑스에서 의과대학을 졸업한 뒤

신부가 되었다는 인생 반전을 가진 분이었다.

양손을 턱에 괸 채 할아버지 옛이야기를 듣는 것처럼 흠뻑 빠져들 만큼 흥미로운 수업이었다. 화자와 청자 대부분 불교 신자가 아니었지만 불가에는 모든 종교를 아우르는 초월적인 지혜가 있는 듯했다. 만물을 바라보는 또 다른 렌즈를 손에 쥔 기분이었다. 강의를 듣다 보면 저절로 하나의 물음이 생겼다.

"무엇이 선이고 무엇이 악일까?"

어린 시절 공공에 이로운 것을 선, 해로운 것을 악이라고 배웠다. 그리고 질서에 순응하는 것이 선이고, 역행하는 것이 악이라고 배웠다. 그 시절 알던 선과 악은 보다 깔끔하고 명쾌한 모습이었다. 마구 뒤섞인 바둑알 중 하얀 것들만 골라내면 되었다. 어른이 되자 상황은 조금 복잡해졌다. 이기적으로 이익을 추구하는 것은 인간(혹은 모든 생물)의 본성인데도 이를 따르자니 다른 누군가에게 해를 끼치는 경우가 종종 생겼다. 누군가에게 해가 된다는 걸 알면서 버젓이 이익을 취하는 나는 나쁜 사람일까. 내 행동으로 저 사람은 힘들어질 텐데 하면서도 슬쩍 감행하는 나. 모든 게 살짝은 내 위주가 되어야 만족하는 나는 양심이 모자란 걸까. 이런 죄책감이 나를 갉아댔다.

춤추는 개구리가 되기 위해

최근에 김진만 감독의 10분짜리 애니메이션 <춤추는 개구리>를 보았다. 나와 너, 원인과 결과, 둘 또는 그 이상으로 구분 짓는 경계의 모호성에 대해 생각하는 기회가 되었다. 선과 악을 구분 짓는 '절대성'이야 자라면서 떼어낸 개념이지만 다시 이 문제를 꺼내 보며 까마득히 잊고 있던 '불교의 이해' 강의를 떠올렸다.

햇살이 따사로운 날의 수풀 속은 여느 때처럼 평화로웠다. 느긋하게 여유를 부리던 오후, 돌연 커다란 뱀이 풀숲 사이로 기어온다. 가지각색 개구리들은 사색이 되어 일제히 흩어졌다. 그들은 각기 나름의 방식으로 살아남고자 애를 쓴다. 연두색 개구리 역시 폴짝폴짝 도망치기에 여념 없었다. 그 와중에 뭍으로 밀려난 올챙이를 구하기도 하고 다른 개구리를 밟고 올라서는 등 '생존 경쟁'에 비할 바 못 되는 사소한 사건들을 일으킨다.

불특정 공공과 연두색 개구리 둘 사이의 관계를 놓고 보았을 때 죽어가는 올챙이를 구하는 것은 선이고, 나 먼저 살겠다고 짓밟는 일은 악이다. 전지적 관찰자가 되어 전체를 내려다보면 어떨까?

올챙이를 구하는 행동은 결국 다른 개구리의 죽음으로 귀결되고, 살겠다고 올라간 곳에서 새의 먹잇감이 되고 만다. 그야말로 행동의 '원인'과 '결과'가 보기 좋게 어긋나고 빗나가는 '혼돈의 카오스'가 펼쳐진다.

사후 세계에 닿은 '연두 개구리'는 목숨이 여러 개인 양 매번 새 생명을 얻는다. 다만 그때마다 원래 자신이 아닌 '보라색 개구리'나 '분홍색 개구리'로 부활한다. 다른 개구리 시점의 삶을 살게 되는 것이다. 자타 구분 없는 행위들이 이리 얽히고설켜 운 좋게 사는 놈도 재수 없게 죽는 놈도 있었지만 끝내는 모두가 사후 세계에서 만나게 된다. 그곳에서는 서로를 구분 짓던 빛깔마저 잃고 모두 같이 하얀색 개구리가 되어 함께 춤을 춘다.

적선하는 셈 치고 한 일이 어떤 이에겐 극약이 될 수 있다. 스스로 살겠다고 한 일이 정작 자신을 죽음으로 이끌 수 있다. '연기론' 중 '제법무아'는 '다른 것과의 관계없이 고립된 것은 하나도 없으며 모든 것은 시간적으로나 공간적으로 상호 관련되어 있다'라고 한다. '이것이 있으면 그것이 있고 이것이 없으면 그것도 없다'라는 것이 연기론의 기본 법칙이다. 나와 연관되지 않은 것은 없으며 나는 만물에 만물은 나에게 서로 영향을 미치고 있다는 뜻이다. 그러므로 세상 이치를 이분법으로 나누어 생각지 말라는 것이다. 선하고 악한 것이 아닌 자연스러운 현상이자 섭리인 것으로 만사를 이해하되, 자기 기준으로 판단하지 말아야 할 것이다.

선과 악 사이에 경계선은 없다

'데미안Demian'은 과연 '악마Demon'의 상징인 걸까?

헤르만 헤세의 소설 《데미안》의 주인공 싱클레어는 '선'과 '악'이 구분 지어진 세계 속에서 살아왔다. 그 앞에 홀연히 나타난 소년 '데미안'은 회의적인 질문을 던진다.

"선악의 정의는 무엇이며 그 기준은 누가 정했지? 네가 믿는 선은 사실 선이 아닐 수도 있어. 누군가에게는 악이 되는 것이 어떤 사람이나 그보다 큰 대의에는 선이 되는 것일 수도 있고 혹은 내가 지금 선이라고 믿고 행하는 일이 나중에는 돌이킬 수 없는 악이 될 수도 있다는 말이야."

이만큼 살아보니 이것은 진리이다. 호랑이나 놀부, 혹부리 영감의 이야기가 전하는 일차원적인 권선징악에 길들여져 타인을 무작정 재단해왔다. 가까운 사람이든 거리감이 있는 사람이든 내 머릿속에서는 그를 향한 선악의 저울질이 반복되었다. 저울추는 얍삽하고 이기적인 내 가치관이었다. 얼마나 어리석은 일이었는가.

지금 여기서 행하고 있는 것들을 되돌아보지 않을 수 없다. 내가 벌이는 소소한 일들이 만물과 이어져 있고, 그 파장이 시공간의 어디까지 내달릴지 모른다. 이 세계에 나와 무관한 것은 없다. 이 '연기론'의 가르침을 복기하니 자판을 두드리는 이 순간 손끝의 움직임이 두려워진다.

싱잉볼의 보이지 않는 진동과 소리는 공간과 사물 구석구석에 닿아 그 떨림을 고스란히 전달한다. 사람의 생각과 말도 이와 같다. 모든 존재가 일으키는 진동과 그에 상응하는 울림을 의식하면 행동 하나와 말 한마디에 더욱 신중하게 된다. 내가 일으킨 파장이 닿는 미세한 것들이 일제히 화답한다. 살아 있는 것들이 내는 모든 메아리에 몸과 마음을 기울인다. 그들이 나로 인해 조금이나마 행복하길 바라며.

CHAPTER — 18

마음부터 챙김

내가 먼저 알아차리다

느닷없는 죽음 예고장

한창 구독 중인 '마보'라는 명상 앱이 있다(특별히 해당 앱을 홍보하려는 것은 아니다). 증권사 근무 당시 1주일에 한 번 '요즘 트렌드'에 대한 회의를 진행했었다. 그때마다 인턴사원이 1주일간 새로 출시된 앱에 대한 리스트를 만들어 팀 전체에 보고하곤 했다. 이 주간 회의를 계기로 '마보'라는 앱을 처음 알게 되었다.

'마보'는 일상의 '마음 챙김'을 도와주는 구독형 명상 앱이다. 우울할 때나 화났을 때 들을 수 있는 '기분 별 명상'들이 있고, 면접을 앞두거나 공황장애가 올 때 택할 수 있는 '상황별 명상'들도 있다.

모든 명상의 주제를 관통하고 있는 화두는 '지금, 여기, 호흡'이다. 그러고 보면 '숨쉬기'만큼 현재 진행형인 것도 없다. 나의 들숨과 날숨을 느낄 때는 오롯이 현재에만 집중할 수 있기 때문이다.

"내일이 만약, 내가 죽는 날이라면?"

하루 일과를 마친 저녁, 휴대폰 화면에 느닷없이 '죽음 예고장'이 날아들었다. 알고 보니 '마보'의 마케팅 알림이었다. 나는 씻기 위해 비누를 집어 들며 생각했다.

'내일 죽는다면 죽는 거지 뭐.'

'메멘토 모리Memento Mori(죽음을 기억하라는 뜻의 라틴어)'라든지 '바니타스Vanitas(17세기에 유행한 정물화 장르로 삶의 덧없음을 상징하는 해골, 촛불 등을 주요 소재로 삼음)' 같은 것들이 죽음의 필연성을 노골적으로 강조해왔지만, 20대의 나에게 죽음은 인생과 나란히 마주한 평행선처럼 보였다. 그 둘이 영영 만날 일은 없는 것처럼, 그때 내게 죽음은 언어로만 느낄 수 있는 존재였다.

생과 사는 연결되어 있다

30대에 접어들면서 '상징적'인 죽음이 차례로 찾아왔다. 제일 먼저 맞이한 것은 '결혼 생활의 죽음'이었다. 젖과 꿀이 넘쳐날 줄 알았던 결혼 생활은 초반부터 엇나가기 시작했다. 3년간의 다툼과 폭력, 별거와 이혼의 과정 끝에 관계를 유지해주는 최소한의 것들이 아예 말라비틀어지고 말았다. 대학원 진학 실패와 수십 군데 회사로부터의 잇단 채용 거절 등 '커리어의 죽음'까지 힘을 합치니 가히 '물리적 죽음'의 멱살까지 끌어올 정도였다.

아무 감정도 일지 않았고 의욕도 사라졌다. 어떤 희망도 들지 않던 날들이 몇 날이고 연속되었다. '살까, 말까'의 두 가지 물음 사이를 수시로 넘나들던 어느 날, 우발적으로 자살을 시도했다. 경동맥은 생각보다 쉽게 끊어지지 않았다. 자살마저 실패했지만 슬쩍 스쳐 갔던 죽음의 손은 삶의 손처럼 따뜻했다. 놀라웠다. '태어나고 죽는 것은 책의 겉표지나 뒤표지와 같다'라는 유대인의 속담처럼 삶과 죽음은 한 맥락이었다. 같은 선상에 있는 좌표였다.

작가 엘봄 미치는 루게릭병으로 죽어가는 스승 '모리'와의 대화를 엮어 《모리와 함께한 화요일》이라는 책을 썼다. 모리는 어떻게 죽음을 준비할 수 있느냐는 제자의 물음에 답한다.

"매일 어깨에 작은 새를 올려놓는 거야. 그리곤 새에게 '오늘이 내가 죽는 그날인가? 나는 준비가 되었나?'라고 묻는 거지. 어떻게 죽어야 좋을지 배우게. 그러면 어떻게 살아야 할지도 배우니까."

내 어깨 위에도 작은 새 한 마리를 얹어두었다. 잠시 보류된 죽음 이후 덤으로 주어진 날들을 살아가고 있는 셈이니까. 그리고

"요즘은 좋은 하루보다,
별일 없는 하루가 더 고마워요."

언제 죽음이 찾아오더라도 억울해하지 않기로 내게 약속했다. 어설프게나마 죽음을 겪은 후, 행동거지와 말투는 늘 매듭의 모양새가 되도록 의식적으로 매만져보는 습관이 생겼다. 매끈한지 살피고 각진 곳은 없는지 본다. 이음새는 단정한지 거듭 살피기도 한다. 매듭짓지 못한 끝이 가시가 되어 나의 죽음을 괴롭히지 않도록.

소소한 일상에서 발견되는 나

만화가 '키쿠치 유우키'의 <100일 후에 죽는 악어>라는 작품이 있다. 의인화된 악어가 주인공이다. 악어는 평범하면서도 시시하기 짝이 없어 보이는 일상을 보낸다. 100일 후 죽음이 '예약'되어 있다는 장치만이 이 악어를 특별하게 만든다. 독자들은 이 같은 설정에 대해 알고 있지만 정작 악어 자신은 이를 모르는 것이 이 작품의 백미이다.

악어는 버라이어티 프로그램을 보며 웃고 성실히 아르바이트를 한다. 라면을 끓여 먹고 남는 시간에 게임을 하거나 귤을 까먹으며 만화책을 보는 등 딱히 기억에 남을 게 없는 악어의 일상이 나열된다. 그런데도 독자는 각 에피소드 위에 표시된 '디데이'에 긴장한다. 때로는 들뜨고 가끔 우울하며 대부분은 감상 없는 날들이 덤덤히 지나간다. 마침내 D-0, 악어는 차에 치일 뻔한 병아리를 구하고 흩날리는 벚꽃 속에서 최후를 맞는다.

무시무시해보이는 죽음을 앞두고도 비장하지 않으며 '죽기 전 꼭 해야 할 100가지' 따위의 버킷리스트 조차 없는 삶. 위대함이란 찾아볼 수 없고 심지어 악착같이 살지도 않은 악어의 인생이라고 별 볼 일 없을까. 인생이란 생각보다 심오하지 않다. 그저 자기 몫을 살아내는 게 전부이다. 머리 위에 뜬 남은 생의 시간은 각자 다르지만 알고 보면 모두가 죽을 수밖에 없는 같은 처지 아닌가.

두 달 뒤 발표할 프레젠테이션을 만드는 데 혈안이 되어 있는 내게 남은 날이 사실 30일뿐이라면 어떨까? 기를 써도 내게 오지도 않을 날을 위해 오늘을 저당 잡히는 셈은 아닐까?

오늘만 산다

"요즘은 좋은 하루보다, 별일 없는 하루가 더 고마워요."

나의 신경정신과 주치의는 나이가 들수록 '좋은 날'보다 '별일 없는 날'을 더 기대하게 된다고 했다. 덧붙여 이런 말을 했다

"미래를 위해 필사적으로 사는 다람쥐를 본 적이 있어요? 다람쥐는 오롯이 오늘을 살아내면서도 불안을 느끼지 않아요."

내 인생은 항상 무언가 부족하다는 느낌이었다. 그로 인해 늘

불안하고 초조했다. 매번 조급했고 항상 다급했다. 오지 않을지도 모르는 내일을 위해 애쓰고 허우적대는 날이 대부분이었다. 나는 대체 무엇을 완성하고 싶은 것일까? 만약 이대로 내 인생이 끝난다면 그 인생은 미완인가?

악어에게 어떤 목표가 있었는지 알 수 없다. 그러나 악어가 자신의 반려동물이었던 병아리를 사랑했으며, 병아리를 위해 집을 지어주고 끝내는 목숨까지 구해주었다는 사실을 알고 있다. 그것만으로도 충분한 인생이라며 악어는 만족했을지 모른다. 디데이가 정해져 있다고 달라질 건 없다. 늘 그렇듯 오늘이 최초의 날이고 최후의 날이니까.

내가 어디쯤 서 있는지 가늠하기 위해 가끔 명상을 한다. 내 몸짓과 언어가 일으킨 파장이 어느 날 어느 곳에 닿아 어느 사람의 빛이 된다면 그것만으로도 충분히 '완성형'인 삶이다. 무용수의 동작 하나가 이미 아름답다면 공연의 결말이야 아무려면 어떤가. 완벽하게 완성되는 삶은 없다. 아쉬움이 남아야 사랑해줄 부분이 있지 않은가.

CHAPTER — 19

낱낱의 아름다움

순간이 곧 전부이기를

전시회에서 본 풍경

"그림을 저렇게 그릴 바에야, 사진을 찍는 게 낫지 않을까?"

미국 화가 '앨리스 달튼 브라운' 전시회 관람을 위해 대기하던 중 옆에 있던 젊은 여성들의 대화를 우연히 듣게 되었다. 나는 순간 당황했다.

'사진전이 아니었단 말이야?'

오가는 길목 곳곳 펄럭이는 홍보물 덕에 작가의 대표작은 수없이 스쳐 지났다. 전시장을 찾은 이 날 이때껏 그게 사진인 줄로만 알았다. 사전 지식 없이 방문한 나도 문제지만 손으로 그려낸 것이라고는 믿을 수 없을 만큼 세밀하고 정교한 그녀의 작품도 문제라면 문제였다. 사실적으로 완벽하게 그려내는 기법을 '극사실주의'라고 하는데 사실주의가 극에 달하면 사진 전문가조차 구별해낼 수 없을 정도라고 한다. 전시 소개에 따르면 그녀의 작품은 사실주의 기법에 '가까운' 세밀화였다.

풍경화와 마주하니 찬란하고 아름다운 빛이 미풍을 타고 흘러나오는 듯했다. 살아 있는 자연 속 입체적인 공간에 와 있는 기분. 누에 실 같은 바람을 따라 흩날리는 커튼, 낡게 벗겨진 곳이 황혼에 더 깊게 잠긴 옛날식 주택, 반투명 크림빛의 커튼 위로 꿈처럼 아롱진 버드나무, 빛의 파편을 알알이 싣고 흩어진 푸른 물결이 오감을 자극했다. 그 모든 것을 담아내기에는 평면의 화폭이 버거워보일 정도였다. 가로세로 길이 역시 사람 키에 달하는 정도라 창 너머 신선한 이국의 바닷바람을 맞는 생동을 느낄 수 있었다. 해외여행은 언감생심 콧바람조차 쐬기도 쉽지 않은 시국이어서 더욱이 흥행할 수밖에 없는 전시였다.

이 작가의 그림은 틀림없이 사진과는 다른 의미를 담고 있었다. 그림을 에워싼 펜스가 허락하는 한도 내에서 바짝 붙어 시야를 최대한 좁혀 보았다. 프레임 끄트머리 밑에 주저앉아 아래에서 위로 보는 등 방향을 달리해보기도 했다.

대자연의 신비로 탄생하여 흠결 없이 아름다운 풍경을 완성하는 하나하나의 온전한 '원소'들은 '점'들이었고 굵기가 들쭉날쭉한 '선'들이었다. 새하얀 외벽 위에 촘촘히 하나로 엮여 너울진 그림자는 하늘색과 갈색, 초록색과 회색으로 절묘하게 변해 가는 그러네이션이었다. 거친 붓질은 저마다의 고민을 담고 있었다. 실수인 듯 아닌 듯 존재하는 대범한 색과 선도 있었다. 작품을 수십 폭으로 나누더라도 각자 어엿한 하나의 추상 작품이 될 것 같았다.

화폭 구석에서 나의 지난날이 불현듯 두둥실 떠올랐다. '왜'라는 질문만 수천 번 거듭하던 나날들이었다. 하필 이런 일들이 왜 나한테 벌어지는 걸까?

'결국 생이란 건 하나의 커다란 퍼즐'이라는 '퍼즐 이론'이 가장 그럴싸해 보였다. 쓸모없이 구석에 처박아두었던 하찮고 못난 '쓰레기'들이 알고 보니 퍼즐 조각이라 가정해보았다. 여태껏 그리 여길 수 없었던 이유는 초반에 쥔 것들이 형체를 가늠할 수 없을 만큼 어둡고 탁한 색을 띠고 있었기 때문이었을 것이다. 혹시 이들은 무언가의 '그늘' 혹은 '그림자'였던 것이 아닐까. 결코 아름다울 리 없는 이 조각들을 나열하니 너저분할 뿐 당최 서로 들어맞는 것은 없었다. 황홀한 완성작을 기대하는 내 바람은 끝없이 추락했고 몇 조각의 퍼즐을 들고 안절부절못했다. 무엇을 바라고 무엇을 원한 걸까? 왜 쏟아버리지 못하고 전전긍긍하며 퍼즐을 완성해야 한다고 믿는가. 파편화된 조각도 내 삶이고, 찢긴 조각도 나의 일부인 것을.

앨리스 초기 작품의 중심은 주로 '그림자'였다. 그녀는 시종일관 '빛'을 쫓아온 셈이라는 해설이 붙어 있었다. 빛 없이는 그림자도 존재할 수 없다. 그와 마찬가지로 인생의 초반 우연히 쥔 조각들이 내 삶의 '그늘'이라면, 이제 남은 날 내가 거머쥘 조각은 빛이라는 의미인가. 만약 내 인생이 하나의 커다란 그림이라면.

전시회장 끝에 다다르니 기념품 가게가 나왔다. 작가의 그림이 인쇄된 갖은 상품들이 즐비했다. 자그맣게 축소되어버린 그림은 당연히 아름다웠다. 나의 눈길은 자연스럽게 그림 퍼즐에 가 닿았다. 검붉은색이나 회색과 매끄럽지 못한 선들, 크기가 제각각인 점과 거친 붓 자국이 담긴 조각들이 모두 담긴 퍼즐이었다. 낱개로는 의미를 알 수 없는 것들이 만나 자연스레 제자리를 찾아갈 터. 부드러운 바람 속 금싸라기를 안은 물결이 차츰 차오르면 'Long Golden Day'가 마침내 모습을 드러낼 것이다.

작품이 되기를 소망한다

1차전, 2차전, 3차전… 세상과 화해할 겨를 없이 전쟁을 치러냈다. 그때마다 나는 약물치료를 받으며 심리상담, 인지치료, 집단

"행복도 습관이다."

치료에 참여했다. 몇 차례 자살을 기도하고 '폐쇄 병동'에 입원하기도 했다. 어떤 것은 도움이 되고 어떤 것은 전혀 도움이 되지 않았다. 모든 치료와 조언이 무색하게 결국 나를 치유하는 것은 나 자신이어야만 했다.

위험은 삶의 전반에 지뢰처럼 매설되어 있다. 나의 불행이 특별히 애처롭고 비장한 것은 아니다. 어떤 일은 그저 일어난다. 의도대로 태어난 것이 아니니 의도대로 살아갈 수도 없다. 자연스럽게 받아들여야 했다.

꿈과 환상으로 가득 찬 '동화'가 주입하는 '당위성'을 경계해야 한다. 세상에 당연한 인과관계는 없다. 우리의 생각보다 자연은 비인격적이며 무작위하고 무정하다. 무람없이 일어나는 현상에 일일이 부여하는 개인적 '의미'가 비극을 초래한다. '그랬더라면? 혹은 그러지 않았더라면?'이라는 가정이 무슨 소용이 있겠는가. '누구나' 그저 '그때' 할 수 있는 '최선'을 선택할 뿐이다.

인생의 조각마다 심오한 의미를 부여해왔고, 이가 나가거나 해졌다고 생각한 것은 대부분 버렸다. 조각조각 맞추어진 그림은 보기에 따라 마냥 아름답지만은 않을 것이다. 서너 살짜리 아이의 낙서 같기도 하고 난해한 추상화 같기도 하다. 미완으로 남아 영영 추측 불가할 수도 있다. 보는 이에 따라 다른 해석이 가능하고 따분하지 않은 그 무엇이 되었으면 하는 바람이다.

손에 움켜쥔 조각 중 어느 것 하나 하찮은 것이 없다. 빛나든 그렇지 않든 이제는 상관없다. 다만, 조각 하나하나마다 부여해온 '의미'라는 비장한 척도는 지워야겠다. 사는 게 한결 가벼워지도록. 그렇게 된다면 내 인생도 축제가 될지 모를 일이다.

"행복도 습관이다."

Epilogue —

우리가 움직이기에 세상이 변한다

우주망원경 제임스 웹이 지구로 보내온 사진을 보았다. 사진은 가히 압도적이었다. 촘촘하게 빛나는 무수한 은하계. 그 안에 참깨 한 톨보다 작은 모습으로 존재하는 지구. 그 안에서 개미보다 더 작은 모습으로 살아가는 나. 무지하고 사소한 존재라는 생각이 들어 절로 겸허해졌다. 한편, 인간이란 참 초라한 존재이구나 싶어 새삼 슬퍼지기까지 했다. 지엽적인 것에 집착했던 스스로가 어리석게 느껴졌다. 광활한 우주의 영역에서 보면 과거에 겪어왔고 지금 겪고 있는 사건과 감정들은 모두 별 것 아닐 것이다.

아니다.

문제는 시점의 차이다.

제임스 웹이 담아내지 못할 만큼 작디작은 것이 한 사람의 마음이다. 앞서 말했듯, 무한정 시야를 넓혔을 때 인간은 먼지와 다를 바 없다. 하지만 시점을 무한정 좁혀서 보면 이야기가 달라진다. 미시적으로는 인간과 동물, 유기물과 무기물이 각자의 내부에서 차마 믿을 수 없을 정도의 신비한 구성을 이루고 있다. 우연과 필연의 절묘한 조합이다.

인간의 개개인은 하나의 커다란 우주를 품고 있다. '마음'으로 일컬어지는 인간의 영혼은 아직까지 명확하게 밝혀지지 않은 미지의 영역이 아닌가. 한 사람이라는 거대한 세계는 나름의 질서와 고유의 가치를 지니고 있다. 낱낱의 개별 존재로 인해 우리를 둘러싼 주변이 돌아가고 나라가 세계가 우주가 생동감을 얻는다.

참 경이로운 일이 아닐 수 없다.

당신과 나의 만남은 한 우주와 다른 우주의 만남이다.

우리의 아름다운 만남에 감사하며 이 글을 당신께 바친다.

뭐라도 하지 않으면 정보도 기회도 다 놓칠 것 같았다.
결국 뒤처지다가 끝내는 도태될 것 같다는 불안감 속을 사는 나에게는
세상과 맞서는 강력한 '무기'가 필요했다.

확실한 것은, 어떤 상처이건 그 상처를 받아들이는 법을
천천히 배워나가게 된다는 것이다.
그러다 보면, 내 몫의 아픔을 품고 살아갈 수 있는 힘이 생기게 된다.

'내 안 깊은 곳의 생각과 마음은 결코 아름다운 것이 아니다.
저 사람과 가까워지고 싶지만 점점 더 가까워져 나의 진짜 모습을 알게 된다면,
그래도 저 사람은 내 곁에 남아 있을 것인가?'

나는 나였기에 힘들었지만, 당신 역시 당신이었기에 힘드셨을 거라고.
그냥, 이 나이가 되어보니 알 것 같다고.